윤슬의 바다

"좋아해."

고백이었어. 아주 시시하고도 평범한 여느 남학생의 고백 같은 그런 거. 하지만 그 유치한 사랑 놀이에 푹 빠져 있던 나는 분별력이 없었고, 결국 이런 비극까지 오게 된 거겠지. 이것도 멀리서 보면 희극이려나? 우리 시작은 좋았던 거 같은데. 완전 미쳐서 서로밖에 없었으니까. 어쩌면 그 유치한 때가 제일 좋았던 거 같아, 아무 걱정 없이 사랑만 하던 그 시절, 적적한 초여름 밤에 받은 고백은 그냥 꿈만 같아서 현실인지도 까먹었어. 너는 계속 나만 좋아했잖아, 지독하게 일 년 동안. 포기하겠단 생각도 많이 했었어. 아니 사실 이미 마음 접은 줄만 알았어. 갑자기 뱉어버린 고백에 빨개진 네 귀가 너무 사랑스럽길래, 나도 모르게,

"나도."라고 답해버린 거 아니겠어? 우리가 그때 인연으로 이어지지 않았다면 이렇게 될 일은 없었겠지. 그래도 자주 그리워. 아름답던 그 시절.

일기장을 덮었다. 요즈음 내 일기는 과거의 이야기들로만 가득하다. 그야 지금의 우리는 아무것도 남아 있지 않으니까, 아름다운 과거를 회상하는 게 더 나은 일이었다. 내 앞엔 다리가 부러진 채 누워 있는 너뿐이라. 내 시간은 움직이지 않았다. 그저 소름 끼칠 정도로 적막한 고요 속이었다. 혹시나 흐르는 시간 속에서 네가 죽으면 어떡해.

일주일째다, 이 무서운 고요가. 네가 죽지 않을 거란 건 잘 안다. 그저 죄책감이다. 왜 네가 이 지경이 될 때까지 아무것도 하지 못했을까. 내 능력은 너를 위해 써야 의미 있는 건데, 아무런 의미가 없어졌다. 그건 겨우 이 주 전의 일이다.

네가 내 손을 잡은 채 트럭에 치였다.

"선배."

점심시간의 도서관. 봄꽃이 바람을 타고 흩날리는 그 시절, 난 첫눈에 반했다. 도서관은 책이 적고, 관리가 잘되지 않아 거의 방치 상태였다. 도서부조차 활동하지 않는 불 꺼진 도서실에서, 햇빛을 조명 삼아 책을 읽는 그 사람이 좋았다.

바다는 누구냐는 듯이 고개를 갸웃하며 나를 바라봤다.

"구윤슬이요."

조금 야윈 선배. 적당히 말수가 적고 눈이 예쁜, 피부가 하얘서 운동이랑은 담을 쌓을 것 같지만 의외로 농구부인, 바이올린을 수준급으로 켠다고 들은, 하지만 꽤나 폐쇄적이라는 이유 하나로 친구들과 쉽사리 친해지지 못하는 사람이었다.

"최바다 선배, 맞죠?"

바다는 내 명찰을 잠깐 주시하곤 다시 내 눈을 봤다. 눈을 피하지 않는 저 고운 눈이 좋았다. 바다는 대답하지 않았지만 나는 조금씩 움직이는 입술을 쳐다만 보고 있었다.

"왜 맨날 도서실에 있어요?"

내 질문에 바다는 아무 고민 없이 대답했다.

"여기가 좋아서."

고요함이 잘 어울려서 신비로운 사람.

"어두운 게 좋아요?"

내가 고개를 갸우뚱하며 눈을 맞추고 묻자 바다는 일부러 눈을 조금 피하고는 다른 곳을 보고 대답했다.

"여기가 제일 밝아."

"거짓말."

그러자 바다는 이해할 수 없다는 듯이 말했다.

"네가 보기엔 여기가 어두워?"

빛이라곤 햇빛밖에 들지 않는 이 좁은 곳을 어떻게 밝다고 말할 수 있는 건지 이해가 되지 않았다. 내가 애매한 표정을 짓자 바다는 내 눈을 똑바로 보고, 아무 표정 없이 말했다.

"원래 어둠이 깊어야 빛이 도드라져 보이는 법이니까."

나이답지 않게 자신의 가치관과 주관이 뚜렷한 사람.
어떻게 좋아하지 않을 수 있었을까.

바다와 처음 이야기한 날, 시간을 멈췄다. 나에겐 그런 능력이 있다. 조금 더 오래 보고 조금 더 오래 기억할 시간을 버는 능력. 그날도 좀 더 오래 간직하고 싶은 순간에 대한 욕심이었다. 욕심대로, 그날의 기억은 어느 순간에 멈춰 어제처럼 뇌리에 박혀 있다. 바다의 옆자리에 앉아 엎드려 눈을 쳐다봤다. 예쁘게 응시하는 저 눈이 나에게 향했으면 하는 바람에, 바다의 턱을 내 쪽으로 돌렸다.

바다의 얼굴을 똑바로 바라보고 있는데도, 생각보다 마음에 들지 않았다. 동공에 비친 것은 시간을 멈추기 전 바다가 보던 풍경이지, 내가 아니었다. 모든 걸 원래대로 두고 시간을 돌리니, 다시 시계 초침 소리가 들렸다.

"계속 그렇게 서 있을 거야?"

"아뇨, 갈게요."

뒤돌아선 나는 감추기 어려운 미소를 지었다. 그럴 리는 없겠지만, 바다도 그랬으면 좋겠다고 생각했다. 내 뒤에서 나를 생각하며 미소 짓기를.

이런 사람은 처음이었다. 생각만 해도 좋은 사람. 눈을 감아도 생각나고, 어떤 노래 가사에 대입해도 말이 되는 사람. 아, 책에서나 봤던 사람들이 말하는 사랑이란 감정이 이런 거구나, 생각했다. 대개 짝사랑은 아픈 거라고 하던데 그렇지도 않았다. 누군갈 좋아한다는 감정 자체가 반짝반짝해 주체할 수도 없었다. 내 하루하루가 그를 좋아한다는 사실 하나로 온통 채워져 반짝거렸다. 그가 내 해 같았다. 매일매일 도서실을 찾아갔다. 그리고 선배는, 오빠는, 그는, 아니 바다는 매일 그 자리에 있었다.

"지겹지도 않냐."

늘 눈길조차 주지 않던 바다가 먼저 말을 걸었다.

"가만히 서 있는 거 진짜 한심해 보여."

그렇게 말해도 할 말이 없었다. 상처받은 마음을 숨기고 웃으며 말했다.

"선배, 우리 이름부터가 운명 같지 않아요?"

"애냐, 운명 같은 걸 믿게."

다음 날부터는 나도 서재에서 아무 책을 꺼내 옆자리에 앉아 읽었다. 처음엔 불편한 티를 내나 싶더니, 이내 포기했는지 더 이상 신경 쓰지 않고 늘 그랬듯이 책을 읽었다. 글씨에서 잠깐잠깐 눈을 떼어 바라보는 바다의 눈이 내가 하루를 살아갈 이유였다. 가끔은 노트와 펜을 가져가 시를 쓰기도 했다. 평소에는 쓰지도 않던 사랑 시로 가득한 노트가 어색하기도 했다. 그렇게 얼마나 지났을까.

"너 집 어디 쪽이야."

두 달이 더 지나서야 우리는 다시 이야기해 볼 수 있었다. 혹시나 부담스러울까 한마디도 먼저 하지 않았고, 바라보기만 하는 것으로 만족하려 했었는데, 바다가 먼저 말을 건 것이다.

"하천 쪽이요."

"집 같이 가자. 나도 그쪽이야."

이유는 별로 중요하지 않았다. 묻고 싶지도 않았다. 혹시라도 마음이 변할까 무서워 그 자리에서 바로 고개를 끄덕였다. 그날, 같이 하교를 하면서도 우린 아무 말이 없었다.

처음은 아마 도서실이었다. 1학년 때부터 아무도 없는 곳을 찾아다니다 보니 매번 가던 장소였는데, 어느 날부터 여자애 하나가 도서실을 들락거리기 시작했다. 신경 쓰지 않으려 노력했는데, 갑자기 그 여자애가 말을 걸어왔다.
 예쁜 기운을 품은 아이였다. 1학년이었는데, 이름이 구윤슬이었다. 이름마저 예뻤다. 지독하게 나와 어울리지 않는 아이였다. 나는 빛보다 어둠이 좋고 여럿보단 혼자가 좋은 사람이었으니까.
 최대한 멀리하려고 해도 가까이하고 싶은 사람이어서, 굳이 피하지도, 다가가지도 않았다. 눈에 밟히는 정도였지만, 내 점심시간이 약간 다채로워진 정도였지만, 내 하루가 조금 더 빛나는 정도였지만, 조금씩 내 세상에 들어오는 네가 이상했다. 누구도 이러지 않았고 넌 처음 말을 몇 번 건 거 말고는 아무것도 한 게 없는데, 그저 옆에 있다는 이유만으로 네가 계속 눈에 걸리고 거슬리고 좋았다. 솔직하게 말하자면, 아마 처음부터 좋아했다.

   용기를 내봐야겠다. 어설픈 너의 용기는 내 옆에서 알짱거리는 것뿐이니, 나는 조금 더 다가가 봐야겠다.

   "너 집 어디 쪽이야."

   두 달. 오랜만의 대화였다. 윤슬이는 웃으며 대답했고, 나는 같이 하교하자고 말했다. 학교가 끝나고 우린 하천 근처 적당한 곳에서 헤어지고, 나는 집까지 한참을 더 돌아갔다.

눈을 떴다. 지독하게 익숙한 병실 천장. 소독약 냄새. 수액 떨어지는 물소리. 게슴츠레 옆으로 시선을 옮기니 또 밤새 내 옆을 지키다 집에 가는 것도 잊은 네가 있었다. 너는 또 얼마만큼의 시간을 멈춘 시간 속에서 외로워했을까. 볼이라도 쓰다듬고 싶었지만 팔이 제대로 들리지 않았다.

 "윤슬아."

 대답이 없는 윤슬이를 가만히 바라보다 다시 큰 소리로 외쳤다.

 "구윤슬, 일어나."

 그제야 윤슬이는 눈을 뜨고는 작게 아, 하는 탄성을 뱉었다. 눈을 비비며 나를 쳐다보는 윤슬이에게 말했다.

 "또 잠들었지."

내 물음에 윤슬이는 약간 웃더니 어깨를 으쓱하고 되물었다.

"몸은 좀 어때."

"나야 뭐. 병원에서 계속 봐주잖아."

"그래도…."

말끝을 흐리는 윤슬이의 말을 끊고 말했다.

"네 몸부터 신경 써."

그러자 윤슬이는 조금 씁쓸한 미소를 지으며 자리에서 일어났다.

"알았어. 나 갈게."

"조심히 들어가."

윤슬은 살짝 손을 흔들어 보이더니 뒷모습만 남기고 병실을 나섰다. 급하게 나가느라 돌아볼 시간조차 없었다. 우리가 마주칠 수 있는 시간은 새벽부터 이른 아침. 하루 종일 같이 있던 때로 돌아갈 수 있으면 얼마나 좋을까.

또 그로부터 한 시간쯤 지났을까, 병실 문이 열렸다.

"아버지."

무표정한 아버지는 뒷짐을 지고는 천천히 병실 안으로 들어왔다.

"아직 그 애한테서 온 연락은 없냐."

첫마디였다. 나는 어디선가 올라오는 감정을 억누르고, 아버지를 바라보던 고개를 창가 쪽으로 돌리곤 말했다.

"없어요. 도망간 지가 언젠데."

"그래도 언제 올지 모르니, 연락 오면 바로 말해라."

"예. 들어가세요, 바쁘시면서."

"그래."

다시 병실 문이 닫혔다. 이제 또 새벽까지 너만 기다려야 하네. 똑똑 떨어지는 수액 소리를 들으며 다시 눈을 감았다. 다섯 번의 계절을 함께 보낸 우리, 이번 가을을 넘길 수나 있을까.

✧

 우리는 매일 같이 하교했다. 특별한 말을 주고받은 건 아니었다. 그저, 그냥 그렇게 매일 같은 길을 같은 시간에 걸었다. 왜 계속 나와 함께 가냐고 묻지 않았다. 사실 바다의 집이 이쪽이 아닌 거 정도는 알고 있었다. 그걸 알고 있다는 걸 티 내면 멀리 도망가 버릴 것만 같아서 말할 수가 없었다.

 고백을 받은 날도 그랬다. 정말 느닷없었다. 반년 동안 바다는 계속 그렇게 나와 하교를 할 뿐이었고, 가끔 내가 대화 주제를 꺼내면 성실히 답해줄 뿐, 나에게 무언갈 먼저 물어보진 않았다. 나는 바다의 생일과 형제의 유무, 좋아하는 음식과 색 등을 알았지만 바다는 나의 무엇도 알 수 없었다. 그래도 그날은 다른 게 있었다면,

"잠깐 앉을래?"

바다가 먼저 질문을 해왔다는 거였다. 내 대답은 말할 것도 없이 긍정이었고, 집 근처 벤치에 앉았다. 우린 또 아무 말이 없었다. 지금까지는 답답하다는 느낌을 받은 적이 없는데, 그날따라 이상하게 답답했다.

"선배."

내가 먼저 바다를 부르자 바다는 아무 말도 없이 내 쪽을 쳐다봤다. 나는 입을 벙긋거리다가 말했다.

"왜 저흰 아무 말도 안 해요?"

그러자 바다는 내게서 시선을 떼고는 멀리 어딘가를 바라보다가 입을 열었다.

"…그러게."

어떤 대답이 돌아올 거라고 믿은 내가 실망스러워 고개를 떨궜다. 시간이 흐르고 흘렀다. 흐르는 구름이 그걸 말해주고 있었다. 시간을 멈출까도 고민해 봤지만, 굳이 그러지 않더라도 우리는 이대로 몇 시간이고 가만히 있을 것 같았다. 내 예상이 맞다고 말해주듯 우린 해가 질 때까지 같은 벤치에 앉아 같은 풍경을, 아니 조금씩 옮겨가는 구름으로 인해 달라지는 풍경을 끝없이 쳐다보았다.

해가 다 지고 나서야 아무 말도 없이 집에 들어가지 않았다는 걸 깨달았고, 슬슬 부모님이 걱정할 것 같다는 생각이 들었다. 아니나 다를까, 꺼놓았던 핸드폰에도 부재중이 여섯 개나 찍혀 있었다. 나는 다급히 말했다.

"저 이만 들어가 볼게요."

이 정도로 만족하고 다음에 더 오래 보고 싶었다. 그런데.

"좋아해."

가끔 현실이 꿈같이 느껴질 때가 있다. 바다는 자기가 뱉어버린 말에 자기도 놀랐는지 손을 입으로 막고 바닥을 쳐다봤다. 나는 그런 바다의 눈을 쳐다봤다. 역시 시간을 멈출까. 하지만 나는 그저 대답했다.

"나도."

그 모습이 너무 예뻐서 주체할 수 없었다. 선선한 바람이 불어왔다. 스산한 소리가 났다.

"사귈래?"

시간을 멈출까. 아니 멈추지 말자. 흔하고 흔하지만 아름다운 인간의 기억처럼 그대로 남겨두자. 어설프게 받은 고백은 왜인지 더 바다 같아서, 마음에 들었다.

역시 사랑에는 완벽하지 않은 것들이 더욱 완전하게 보이는 힘이 있나 보다.

    걱정도 추위도 피로도 한순간에 잊었다. 평생 남을 아름다운 기억의 밤이었다.

"바다야."

"어, 왔어?"

달빛이 잘 드는 병실이지만 오늘따라 달이 구름에 가려져 있었다. 어두컴컴한 탓에 바다의 얼굴도 제대로 보이지 않았다. 더듬으며 만진 볼에서 따스한 온기가 느껴졌다.

"부모님이 계속 짐을 싸."

나는 일부러 투정을 부리는 투로 말했다.

"너도 그냥 미국으로 같이 가지 그래."

"내가 널 두고 어딜 가."

"또 바보같이 굴지 말고."

바다는 장난식으로 나무랐지만 분명 진심이 서려 있었다.

"또 끌고라도 갈 기세야."

"내가 네 부모님이었어도 똑같이 했을 거야."

그 말에 약간 고개를 떨궜다. 너만은 내 편을 들어줘야지.

"과보호야…."

"과보호는 무슨, 너 지금."

바다의 말이 채 끝나기도 전에 말을 끊고 말했다.

"상관없는 거 알잖아."

"하여간…."

바다는 어이없다는 듯이, 또 조금은 귀엽다는 듯이 날 바라보며 웃었다. 바다도 나도 하루하루 목숨을 겨우 유지하는 기분이었다. 바다가 다치지만 않았어도 같이 도망가는 건데, 나 때문에 다친 거니까 누굴 탓할 수도 없고, 그저 끝없이 괴로워할 뿐이었다.

"오늘은 어제처럼 잠들지 말고, 일찍 들어가."

바다가 걱정하는 투로 말했다. 여기서 잠드는 게 위험하다는 것쯤은 안다. 그래도 아주 잠깐이라도 더 함께 있고 싶은데. 그런 어리광을 부리기엔 현실이 너무 가혹했다. 바다를 보기 위해 시간을 멈춰도 그 시간 속은 무서울 만큼 고요하고, 그 고요를 견딜 자신은 없으니.

"알았어. 내일 봐."

병실 밖을 나가자 추운 바람이 불어와 겉옷을 여몄다. 달빛마저 없어서 그런가, 세상이 약간 흑백처럼 보였다. 단풍이 흩날리던 밤, 나는 무슨 생각을 했더라. 더 이상 계절이 바뀌지 않았으면 좋겠어, 그나마 아름다운 지금 이 상태로 유지됐으면 좋겠어. 그런 생각을 했던 것 같다.

집에 들어오니 엄마가 문 앞에 서 있었다.
"다녀왔어요."
"지금이 몇 시야."
엄마의 말에 가시가 박혀 있었다. 나는 최대한 그 가시가 보이지 않는 척, 덤덤하게 말했다.
"1시."
"너 몇 시에 나갔어."
"11시였나."
엄마는 한참 동안 나를 나무랐다. 여자애가 겁도 없이 이 시간에 어딜 돌아다니냐고, 너 아직 미성년자라고, 어떻게 엄마 몰래 나갈 수가 있냐고, 엄마 마음 상하게 할 거냐고, 자기가 나를 어떻게 키웠는데 이러냐고.
"미안해, 바다 아프잖아."

"그럼 낮에 면회 갔다 오면 되잖아."

"그게 안 돼…."

아직은 엄마에게 숨겨야 할 내용이 많았다.

"윤슬아, 너 초능력자야. 일반인 아니라고. 네가 평범하게 살 수 있을 거라 생각해? 정신 차려. 애초에 작년부터 초능력자는…."

"알았어, 그만해."

엄마는 일부러 나에게 상처가 될 만한, 위협이 될 만한 말들을 골라 전했다. 나는 엄마의 말을 끊고 방으로 들어왔다. 거실 티브이에선 어느 초능력자의 이야기가 나오고 있었다. 초능력의 선한 부분을 보는 사람은 없는 걸까. 나는 애초에 초능력을 선하게 사용한 적이 있었나. 인간은 본래부터가 이기적인 동물이었나.

✧

가장 친한 친구 수지에게 남자 친구가 생겼다고 얘기했다. 나보다도 더 기뻐하며 누군지 캐묻는 수지에게 최바다라고 말하니, 수지는 멈칫하고 물어봤다.

"내가 아는 그 선배? 그 바이올린 켜는?"

나는 고개를 끄덕였다. 수지는 잘됐다며 내 손을 잡고 방방 뛰었다. 그때 새삼 다시 느꼈던 것 같다. 내 주변엔 좋은 사람들로 가득하구나.

"그래서? 그 선배 어디가 그렇게 좋은데?"

수지는 내가 바다에 대해 자세히 이야기하기를 원하는 것 같았다. 그럴 생각은 없었지만, 나도 덩달아 들뜬 마음에 이야기를 늘어놓기 시작했다.

"고요라는 단어가 잘 어울리는 사람 같아서 좋아."

내가 그렇게 말하자 수지는 의아한 표정을 지었다. 그렇겠지. 보통은 고요한 사람을 좋아하지 않으니까. 나는 그저 웃으며 그렇게 말했다. 고요한 바다가 좋다고. 그러자 수지는 그게 뭐냐며 웃었다.

바다와 사귄 지 얼마 안 됐을 때는 오히려 사귀기 전보다도 더 어색했다. 사귀지 않았을 땐 둘이 있어도 그저 편한 분위기였는데, 사귀고 나서는 오히려 불편한 감정이 앞섰던 것 같다. 그렇다고 그게 싫은 건 절대 아니었다. 오히려 그 애매한 감정이 설렘과 유사하다는 걸 나중에 알았을 뿐이다.

딱히 쉬는 시간에 찾아가 만나거나, 등교를 애써 같이 하는 일은 없었다. 그저 전과 같았다. 점심시간이면 도서실에서 만났고, 같이 이야기를 하거나 책을 읽었고, 학교가 끝나면 바다가 우리 집까지 데려다줬다. 그 평범한 일상이 좋았다.

윤슬이와 사귄 지 얼마 안 됐을 때의 일이었다. 한적한 도서실, 우리는 나란히 앉아 책을 읽고 있었다. 윤슬이는 늘 나와 수다를 떨고 싶어 하는 눈치였지만, 나는 일부러 책 읽는 척을 더 많이 했던 것 같다. 내가 책 읽는 모습을 한 번씩 빤히 쳐다보는 윤슬이가 좋아서.

 도서실 불은 여전히 꺼져 있었고, 적막했고, 공기는 따스했다. 한여름이 다가오고 있었다. 창밖의 햇살은 날이 갈수록 뜨거워지고 있었다. 나도 그 열기에 녹아들어 간 것일까. 윤슬이를 봤다. 윤슬이는 눈을 반쯤 내리깔고 책의 활자 하나하나에 집중하고 있었다.

 닿고 싶다.

 머릿속에 맴돌았다. 책을 들고 있는 손을 잡고 싶었고, 하얇고 말랑한 볼을 만지고 싶었고, 검고 긴 머리카락을 쓰다듬고 싶었다. 나는 책을 더 세게 쥐었다.

　다른 애면 모르겠지만 윤슬이에게는 품어서는 안 될 마음 같았다. 윤슬이는 맑고, 순수하고, 밝은 아이니까. 나는 움찔거리는 손과 마음을 한숨 한 번으로 정리했다. 그리고 다시 책을 읽었다. 활자들이 눈앞에 떠다니는 기분이었다. 아무것도 눈에 들어오지 않았다. 나는 한숨을 한 번 더 쉬었다. 윤슬이가 나를 쳐다보았다. 나는 간질거리는 마음을 한편에 숨기고 살짝 웃어 보였다.

쉬는 시간, 수지는 당연하다는 듯이 내 자리로 왔다. 우리는 전 시간이 얼마나 지루하고 졸린 과목이었는지에 대해 이야기하기 시작했다. 수지는 내 말에 잘 공감해 줬고, 잘 웃었다. 그런 면이 좋은 아이였다.

수지가 갑자기 할 말이 있다며 조금은 무거운 분위기를 잡았다. 나는 무슨 말이냐며 뭐든 들어주겠다고 말했고, 수지의 얼굴은 조금 더 어두워졌다. 나는 걱정스러운 마음에 무슨 일이 있냐고 물었고, 수지는 입을 열었다.

"사실…."

"구윤슬."

날 부르는 목소리에 뒤를 돌자 거기엔 바다가 서 있었다. 처음으로 바다가 쉬는 시간에 날 찾아왔다.

"수지야, 진짜 미안한데, 다음에 말해줘."

그때 수지의 표정이 어땠는지는 알지 못했다. 그저 알겠다고 하는 수지의 목소리를 뒤로하고 거의 달려 나가다시피 했으니.

"웬일로 찾아왔어?"

내가 묻자 바다가 한 손으로 내 머리를 쓰다듬으며 말했다.

"보고 싶어서."

얼굴이 뜨거워지는 게 느껴져서 고개를 푹 숙였다.

"뭐야…."

내가 중얼거리자 바다는 웃으며 내 손에서 머리를 뗐다. 그땐 정말이지 이보다 더 행복할 수 있을까 싶었다. 그런데도 그보다 더 행복할 수 있다는 걸 알려준 게 바다였다. 그래서, 그래서 내가 못 떠나는 거야.

"현재 급격히 증가하는 초능력 인명피해에 정부는…."

또 초능력자 관련 뉴스가 흘러나왔다. 심심한 병실에서 할 수 있는 거라곤 저렇게 흘러나오는 뉴스를 듣는 것과 책을 읽는 것밖에 없지만, 나오는 뉴스라곤 죄다 초능력자 얘기니 듣기 거북했다. 티브이를 껐다. 병실 안이 조용해졌다. 조금 있으면 간호사가 들어와서 상태를 확인하겠지, 또 다른 직원이 들어와서 아침밥을 주고 잠깐 어머니나 아버지가 들어와 또 상태를 확인하고 나가겠지. 이런 생활도 한 달째다. 지겨운 생활에서 언제 벗어날 수 있을까.

일기장을 꺼냈다. 펜을 잡고 한참을 고민하다, '보고 싶다.' 한마디 외엔 아무 말도 적지 않았다. 그도 그녀도 보고 싶었고, 그뿐이었다.

다른 입원 환자들은 휠체어라도 끌고 병원을 돌아다니던데, 나는 밀어줄 사람도 없고 더군다나 팔도 많이 부실하니 가만히 누워 있는 수밖에 없었다. 또 눈을 감았다. 이번엔 무슨 생각을 하면 좋을까. 어떤 기억을 꺼내야 덜 심심할까. 불구가 된 내 다리를 보며 생각했다. 아마 그날을 떠올렸던 것 같다. 벚꽃이 피던 시절을. 윤슬이가 나에게 처음 초능력을 보여준 그날을 말이다.

✧

"재밌는 거 보여줄까?"

바다의 옆모습을 따라 봄바람이 불었어. 가족이 아닌 누군가에게 내 초능력을 꺼낸 건 처음이었어. 널 앉혀두고 시간을 멈췄고, 딱 세 발걸음 이동하고 다시 시간을 흐르게. 넌 벙쪄서 뭐였냐며, 다시 한번만 보여달라고 흥분했지. 매번 무뚝뚝하던 네가 그렇게 놀라니까 좀 재밌기도 하더라. 그땐 겁도 없었나 봐. 넌 날 그대로 봐줄 것만 같았거든. 그 짓을 몇 번이고 계속 했어. 꽤 힘든 일인데 말이야. 네가 신기해하는 그거 하나 보겠다고.

그 후론 나란히 앉아 내 능력에 대해 모든 걸 얘기했어. 언제 생겼는지, 제약은 없는지, 아는 사람은 누구인지. 이로써 바다가 나에게 특별한 존재라고 알려주고 싶었던 것도 있었고. 너는 티 내지 않으려 했지만 어린아이처럼 신기해했어. 그 모습이 귀여워 나도 모르게 말하면 안 되는 것들까지 떠들게 됐어. 잡히면 실험체가 될 거라고.

너는 그 말에 잠시 멈칫하는가 싶더니, 그럴 일은 절대 없으니 안심하라고, 혹시 그러더라도 자기가 지켜주겠다며 어린 소리를 해댔잖아. 그것마저 웃기고 좋아서 그냥 좋다고 받아쳤어. 이런 허울 좋은 말들을 나누는 게 얼마나 가겠어, 싶기도 했고.

또 그 시절의 일기다. 그 무렵의 나는 그러지 말아야 했겠지만, 언제가 됐든 결국 바다에게는 말하게 됐을 테니까 후회하진 않는다. 그래도 그 무렵의 우리는 아름다웠고, 빛났고, 사랑했으니까.

여름밤이었다. 물까치 우는 소리가 시끄럽게 귀를 찌르고 매미가 이기기라도 하려는 듯 재차 소리를 질러댔다. 나는 바다의 손을 잡고 있었다. 우리는 가로등 하나에 의존해 서로의 얼굴을 볼 수 있었다. 그런 어둠 속에서는 꽤 즐거운 이야기들이 오갔다.

"나 성인 되면, 오빠랑 진탕 술 마시고 싶어."

"너 아직 고딩이야."

"한 살 차이면서 오빠라고 허세는."

여름밤은 조금 위험하다고 들었다. 밤새 누군가와 이야기하고 싶게 만든다고. 그 말이 맞는 것 같다. 그때 나는 바다와 밤새 대화를 나눌 수 있을 듯했고, 그 순간이 영원할 것이라 믿어 의심치 않았다.

"오빠는 내가 왜 좋아?"

조금은 진부한 질문을 던져보았다.

"너면 다 좋아."

"아, 그런 거 말고. 좀 구체적으로."

바다는 내 말에 조금 고민하는가 싶더니 바로 말을 이었다.

"날 볼 때 반짝이는 눈이 좋고, 바람이 불면 가닥가닥 휘날리는 머리카락이 좋고. 얇고 고운 네 손가락 하나하나랑 너의 웃음, 걸음걸이. 다 좋아."

나는 그 말에 허울 없이 웃었다. 진심으로 기뻤다. 나를 사랑하는 사람이 있다는 사실이. 나는 가방에서 노트를 꺼내 바다에게 보여줬다.

"이게 뭐야?"

"오빠 주려고 쓴 시. 읽어봐."

어젯밤, 바다에게 주려고 시를 썼었다. 형편없는 실력이지만, 시만큼 내 마음을 직설적이면서도 은유적으로 표현할 수 있는 게 없어서. 시는 사랑해 같은 단어로 다 표현하지 못하는 감정을 위해 있는 거니까.

방황

방황하던 꽃잎들도
제자리를 찾아가는 시기인가 봐
어려운 미사여구를 늘어놓지 않아도
설명할 수 있는 일들이 넘쳐나서

얇은 커튼 너머로 들어오는 햇빛이
눈을 찌르고, 나를 투과하고
흔들리는 버스 손잡이는
중심을 잡지 못한 채 떨리고
세상은 어쩌면 방황하는 것들로 넘쳐난다

그 속에서 갈피를 잡는 건
언제나 너였고 나였다

말 하나는 어떨 땐 하나의 세상이 되고
어떤 구절은 하나의 사람이 된다
구원은 멀리 있지 않으니

사람은 연약하고 무르고 사랑한다

여름은 사랑을 하기에 적합한 계절이라며
사랑을 하는 사람은 아름답다며
누군가 했던 말에 의지한다

바다는 내 시를 다 읽고도 한참을 더 봤다. 그리곤 아직 자기가 이해하기는 어려운 것 같다는 말을 덧붙였다. 하지만 고맙다고, 자기를 생각하는 마음만큼은 전해지는 것 같다고 했다. 나는 그거면 됐다 싶었다. 그게 내가 시를 쓰는 유일한 이유였다.

"영원하자, 우리."

"그래."

대충 그런 이야기였다. 당연하게 미래를 기약하는 이야기. 너무나도 당연하게 서로의 미래에 서로가 있을 거라는 이야기. 나는 영원을 믿지 않았다. 모든 건 사라지기 마련이고, 영원할 거라는 개념 자체가 틀렸다고 생각했다. 다만, 그러면서도 나는 사랑에 빠졌다. 우리가 사랑해라고 말한 모든 순간들을 후회해야 한다는 걸 안다. 하지만 그래도, 사랑했다.

그러나 굳이 사랑은 영원해야 한다는 법이 있을까. 찰나의 사랑도 진심이라면 사랑인 건데.

학교에서 개최하는 음악 경연대회가 다가오고 있었다. 잘은 모르지만, 바다는 축제 때 있을 바이올린 공연을 준비하느라 바빠졌다. 그래서 점심시간에도 바다를 볼 수가 없었다. 원래는 반에 있다가, 아무래도 심심해 혼자라도 도서실에 가볼까 했다. 1층에 있는 도서실로 내려가는 계단으로 가는 복도에, 누군가 따라오는 듯한 기분을 느꼈다. 곁눈질로 흘끗 본 명찰이 파란색이었다. 2학년이다. 그 사람은 그냥 동선이 겹쳤던 건지 도서실에 들어오고부터는 보이지 않았다. 어쨌든 난 창가 한곳에 자리를 잡고 앉았다.

들어오는 햇빛에 떠다니는 먼지가 조금씩 반짝거렸고, 내 시야에 있는 책 위로 하나씩 앉았다. 나는 그 모습을 바라보다 책을 덮었다.

'여기가 제일 밝아.'

'원래 어둠이 깊어야 빛이 도드라져 보이는 법이니까.'

그 말의 뜻을 이제야 알 수 있었다. 오랜만에 한적한 도서실이 이렇게 밝아 보이는 건 처음이었다. 애초에 도서실에 혼자 있는 것도 처음이었지만, 그보다 신기했다. 불 꺼진 도서실이 밝고 소란스러운 교실보다 훨씬 더 밝게만 느껴지는 기분이었다. 나는 챙겨온 노트에 문장들을 적기 시작했다. 지금의 느낌을 조금이라도 간직하고 싶어서. 그때였다.

덜컹, 도서실 문을 열고 누군가 들어왔다. 파란색 명찰. 바다와 둘이 있을 때도 아무도 들어온 적이 없어 사람이 왔다는 사실 자체가 신기했지만, 의식하지 않으려 쓰던 시를 계속해서 썼다. 짧은 단발의 그녀는 도서실 서재의 끝으로 가 책 한 권을 집더니, 아주 조용한 걸음으로 내 옆에 앉았다. 누군가가 이렇게 가까이에 온 게 가족과 바다 말고는 처음이라, 너무 어색한 공기에 마음 같아선 당장이라도 도망치고 싶었다. 그것보다 아까 날 뒤따라오던 그 사람이 맞는지 알 방법이 없어 더욱더 불편했다. 역시 이대론 글도 눈에 안 들어오고 편하지도 않은 거, 그냥 반으로 가려고 일어났는데, 그녀가 말을 걸어왔다.

"얘."

나는 노트와 책을 안고는 화들짝 놀라 뒤를 돌아봤다. 놀란 티가 났다는 게 쪽팔려서 아무렇지 않은 목소리로 "저요?" 하며 물어봤다.

"잠깐 얘기 좀 할래?"

그녀는 누가 봐도 예쁘다고 말할 외모를 갖고 있었다. 워낙 남에게 관심이 없는 터라 누군지 알진 못했지만, 분명 유명하고 인기도 많을 것 같았다. 왠지 부담스럽고 무서워 거절하고 돌아가려는 순간.

"너 바다 여자 친구 맞지?"

그 말에 나는 문을 향하던 몸을 돌리고 다시 자리에 앉을 수밖에 없었다.

"무슨 일이세요?"

"궁금했거든. 연애라곤 안 하겠다, 관심도 없다 한 애가 도대체 누구랑 만나고 있는지."

"바다랑 아는 사이신가요?"

"뭐 친했었지, 지금은 아니지만."

내가 모르는 바다의 세계였다. 과연 내가 여기에 발을 들이는 게 맞는 일일까 싶었지만, 생각해 보면 내가 모르는 바다의 모습이 있다는 것 자체가 억울했던 것 같기도 하다. 사실 그게 당연하고 자연스러운 일인데도. 나는 바다에게 내 모든 모습을 보였으니 바다 또한 당연히 그래야 한다고 생각했다.

"무슨 일이 있었나요?"

"너 혹시 초능력자니?"

가볍게 내뱉은 질문에 심장이 순간 쿵- 하고 내려앉았다. 당황해서 아무 말도 못 하다 정신을 차리고 간신히 고개를 저었다. 그녀는 그제야 웃으며 환하게 말했다.

"그럼 됐어. 난 또, 초능력자들만 모으고 다니는 괴짠 줄 알고. 아, 내 소개를 안 했네. 난 심유림이야."

아니, 이름 정도는 알고 있었다. 명찰을 봤으니까. 그것보다 방금 내가 들은 말이 무슨 말일까.

"…구윤슬이에요."

내 이름을 말하면서도 계속 생각해야 했다. 그게 무슨 말이지, 더 캐물어 봐야 하는 걸까. 나는 침을 한 번 삼키고는 물었다.

"근데 아까 초능력자냐곤 왜 물어보신 거예요?"

"내 친구 중에 초능력 갖고 있는 애가 하나 있었거든. 근데 개랑 분위기가 비슷한 것 같아서."

정말 들킨 걸까, 떨리는 왼쪽 손을 오른쪽 손으로 누르며 물었다.

"어떤 부분이요?"

"대충 뭐랄까, 겉에 보호막 하나를 더 둘러싸고 있는 듯한 느낌? 고요하게 곁에 아무도 안 두는 거 같은 느낌."

"그럼 제가 바다랑 사귈 리가 없잖아요."

"왜 없어?"

심유림은 웃으며 말했지만, 그 잠깐의 시간 동안 날 파악한 관찰력에 조금 무서워졌다.

"걔도 초능력잔데 곁에 나도 두고 최바다도 뒀잖아. 최바다만 아니었어도."

"바다가 왜요?"

"어머, 너 모르는구나?"

침을 또 한 번 삼켰다.

"걔, 최바다 때문에 죽었거든."

머리가 띵했다. 점점 식는 듯한 느낌도 들었다. 심장이 쿵쾅거리고 손발이 차가워졌다. 사람의 몸은 생각보다 정직했다. 나는 떨리는 입술을 가다듬고 말했다.

"더 자세히 말해주실 수 있어요?"

심유림은 옅게 웃곤 말했다.

"그럼, 말해줄 수 있지. 근데 바다한텐 비밀이다?"

나는 고개를 끄덕였다.

심유림은 무슨 말부터 해야 될까 고민하는 눈치로 할 말을 고르고 있었다.

"걔는 순간이동을 할 수 있었어. 아, 이름은 박이준. 아무튼 들키기 너무 쉽잖아? 그래서 발현한 지 얼마 되지도 않아 능력 조절을 못 해서 잡혔지. 어리다고 사형은 면하고 보호소로. 근데 너도 알지? 말이 보호소지 그냥 연구소인 거. 인간 취급 못 받잖아."

심유림은 조금은 쓸쓸해 보이는 표정으로 창밖을 바라봤다.

"실은 말이야. 내가 이준이를 좀 많이 좋아했거든."

외로운 옆모습을 보면서도 나는 심유림의 서사가 궁금하진 않았다. 그저 바다가 무슨 일을 저지른 건지 궁금할 뿐.

"죄송한데, 왜 바다 때문에 죽은 거라고 말하셨나요? 잡힌 거면, 혹시 바다가 신고한 건가요?"

내 말에 심유림은 잠시 고민하다가 말했다.

"그건 아닐걸. 순간이동 한 그 자리에서 잡혔으니까. 아니다, 그랬을 수도 있고. 이준이랑 바다랑 셋이서 다녔어. 딱 작년 네 나이 때."

"그럼 왜…."

"최바다네 부모님이 그 보호소 소장이야. 정확히는 연구원? 한마디로 자기가 막을 수 있었단 거지."

물론 한 사람의 말을 듣고 사람을 판단해선 안 된다. 그 사람이 나의 연인이라면 더더욱. 그런데 왜 나는 그때 내 초능력을 바다에게 보여준 걸 후회했을까. 왜 궁금했을까. 바다가 날 지켜줄지 아닐지.

"아무튼 얘기해서 즐거웠어. 다음에 또 보자."

그렇게 심유림은 먼저 자리에서 일어났다. 내 손에 쪽지 한 장을 쥐여준 채. 나는 앉은 그 자리에서 벙쪄 아무 말도 할 수 없었다. 다만, 어떻게 하는 게 맞는 결정인지 머릿속으로 끄적이듯 생각할 뿐이었다.

윤슬이는 나에게 초능력을 보여주면 안 됐었다. 나의 흔들리는 동공을 봤는지 못 봤는지는 모르겠지만, 그러면 안 됐었다. 윤슬이의 능력은 시간을 멈추는 능력. 들킬 위험이 적지만 그만큼 범죄에 악용되기도 쉬운 능력이었다.
 "그래도 아마 잡히면 실험체가 될 거야."
 그 말을 듣고는 멈칫할 수밖에 없었다. 내가 우리 부모님으로부터 윤슬이를 지킬 수 있을까. 나는 아무렇지 않게 웃으며, 내가 지켜주겠다며 지키지도 못할 약속을 해댔다.
 윤슬이의 이야기에 나는 한참을 고민해야 했다. 다시는 되풀이되면 안 되는 과거가 있기에, 가장 가까운 사람을 다시 잃게 될 수도 있기에.

이 년 전, 나에겐 절친한 친구가 있었다. 그 아이는 밝고, 정의롭고, 내가 봐도 멋진 아이였다. 박이준을 처음 만난 건 중학교 1학년 때였다. 같은 반이었던 우리는 특별한 접점은 없었지만 유난히도 친했고, 그렇게 중학교 1학년 내내 같이 다녔다. 가끔 농구도 같이 하고 방학도 같이 보냈으며 속상한 일이 있으면 위로도 해주는 그런 사이였고, 서로에게 유일한 친구였다. 이준이는 책 읽는 걸 좋아했었다. 어딜 가냐 물으면 늘 도서실이었고, 관리 안 된 느낌의 조용하고 어두운 느낌이 좋다고 말했었다.

이준이는 순간이동을 할 수 있었다. 악용 위험이 적지만 들킬 위험은 큰, 사실상 최악의 능력이었다. 이준이는 할 수 있는 최대한 능력을 사용하지 않았지만, 어느 순간부터 매일 초능력을 사용하더니 갑자기 나와 내 부모님 앞으로 순간이동을 했다. 심유림과 같이. 이후 숨어다니던 이준이는 곧 잡혀 재판장으로 갔지만, 잠재적 범죄 위험이 있다며 보호소로 이동됐고, 온갖 실험을 당하다 결국 그렇게 죽었다. 그리고 그 모든 고문을 집행한 사람이 우리 부모님이다.

어느 날은 이준이가 먼저 초능력 이야기를 꺼냈었다.

"야, 바다야."

"응."

"내 능력도 걸리면 좆되려나."

그렇게 말하는 이준이의 눈에서 쓸쓸함을, 두려움을, 위태로움을 찾을 수 있어 나는 답했다.

"글쎄."

"이게 다 그 사람 때문이야, 그치. 생명 제거 능력이 뭐야. 다 죽이라는 거잖아. 내가 보기엔 그 사람이 악용한 것도 문제지만, 그런 능력을 내린 신이 더 너무하다고 본다."

그때도 난 아무 말을 할 수 없었다. 일 년 전, 생명 제거 능력이라는 파괴적인 능력으로 세상을 공포에 떨게 한 초능력자가 있었다. 그를 잡기 위해 많은 인력과 병력이 투입되었고, 삼백여 명 가까이 죽인 그는 잡힌 뒤 실험을 받다 사망했다. 그 사건을 시발점으로 모든 것이 틀어졌다. 자신의 능력을 악용하는 사례가 많아졌고, 그때부터 연구원들의 권력은 강해졌다. 아무런 범죄를 저지르지 않은 초능력자들까지 싸잡아서 범죄자 혹은 잠재적 범죄자로 취급했다. 초능력은 신비롭거나 편리한 것이 아니었다. 많은 이들에게 두려움의 대상이었고, 흥미로운 실험체일 뿐이었다. 그런 친구를

둔 나는 그래도 특별한 게 멋지지 않냐는 멍청한 위로를 할 뿐이었다. 당연하게도 이준이는 씁쓸히 고개를 저었다. 나도 슬프게 웃어넘겼다.

 이준이가 결국 우리 부모님에게 잡혔을 때도 나는 도움을 줄 수 없었다. 이준이가 잡히기 바로 한 달 전, 또 다른 초능력자가 사람들을 쓸듯이 죽이고 다녔기에 초능력에 대한 공포가 극한으로 치닫는 상황이었다. 이준이는 반항하지도 않았다. 아마 고분고분하게 군다면 금방 풀려날 수 있을 거란 생각이었을 것이다. 이준이의 예상과는 다르게 연구원들을 이준이를 놓지 않았고, 이준이는 차가운 실험실에서 지쳐 죽었다. 나는 끝까지 이준이가 내 친구라는 그 한마디를 하지 못했다. 부모님은 늘 내게 하늘 같은 존재였고 내가 말 한마디 한다고 달라지는 것 또한 없을 걸 잘 알고 있었다. 매일매일 한 발 뒤에서 친구가 죽어가는 걸 바라본다는 것은 마냥 생지옥이었다. 그날의 일이 각막에 새겨진 것처럼 매일 눈앞에 재생되는 기분이 일 년 동안 이어졌다. 이제 그 기억이 옅어질 때쯤, 도서실에서 윤슬이를 본 것이다.

"혹시 오빠, 박이준이라는 사람도 알아?"

"네가 걔를 어떻게 알아."

내 물음에 윤슬이는 우물쭈물하다가 입을 열었다.

"그, 심지어 심유림이라는 사람이 날 찾아왔거든. 오빠 중학교 때 얘기하면서."

나는 대답할 수 없었다. 아무 말도 할 수 없었다. 그러자 윤슬이는 다급하게 말을 이었다.

"진짜야…? 진짜 오빠가 죽게 한 거야?"

나는 그 말에 눈물이 차오르는 것을 느꼈다. 고개를 약간 들고 눈물을 삼켜내곤 떨리는 목소리로 말했다.

"윤슬아."

윤슬이는 나를 봤다. 눈동자가 떨리고 있었다.

"내 부모님은 초능력 연구원이 맞아."

"알아."

"네가 아는 그거. 초능력자 발견하면 실험하는 연구원들."

윤슬이는 여전히 눈을 떨었다. 아마 손도 떨지 않았을까. 떨리는 입술을 부여잡고 말했다.

"그 사람은 그 얘길 갑자기 나한테 왜 하는데?"

"너랑 제일 상관있는 얘기니까."

나는 오랫동안 묵혀온 이야기를 했다. 이준이가 어떻게 내 곁을 떠났는지, 심유림과는 어떻게 멀어지게 됐는지. 아무렇지 않은 듯 최대한 덤덤하게 말하려 했지만, 그게 잘 안 돼 눈물이 계속 흘렀다. 윤슬이는 내 이야기를 묵묵히 듣다가 고개를 끄덕이고, 내 눈치를 살피고의 반복이었다. 나는 얘기를 하면 할수록 윤슬이에게 내가 너무 위험한 사람인 것 같다는 생각이 들었다. 우린 잠시 침묵했다. 내가 먼저 입을 열었다.

"헤어지자."

윤슬이는 잠깐 말이 없었다. 손을 턱에다 두고 고민하는 듯하더니,

"싫어."

라고 했다. 나는 어리둥절할 뿐이었다.

"널 위해서 하는 말인 거 알잖아."

그 말에 윤슬이는 웃으며 답했다.

"누가 헤어지자는 말을 울면서 해, 바보야."

그제야 내 눈에 고인 눈물들이 보였다. 나는 숨을 몇 번 크게 들이쉬고 내쉬다가 천천히 말을 이어갔다.

"넌 나랑 만나면 안 돼."

"안 들키면 되지?"

윤슬이가 천진난만하게 말했다. 나는 기가 차다는 듯이 숨을 섞어 말했다.

"그게 될 거라 생각해?"

"나 아직 아무한테도 안 들켰어! 경력직이라고. 그 정도로 허술하지도 않고, 들켜도 도망갈 수 있어."

참, 생각이 없는 건지 많은 건지 알 수가 없는 애였다. 그래도 하나 확실한 건 그런 윤슬이가 좋았다는 거다. 그리고 또 하나 확실한 건 그때 윤슬이와 헤어져야 했다는 거다.

초능력이 생겼다. 나는 아무래도 시간을 멈출 수 있는 것 같다. 집에서만 살던 내가 바다가 보고 싶다고 부모님께 말했을 때, 부모님은 생각보다 흔쾌히 허락해 줬다. 그렇게 처음 본 바다는 아름다웠다. 그때는 내 이름의 뜻도 모를 때였다. 그저 햇살에 반짝이는 물결이, 들어오다 요동치며 나가는 파도가 아름답다고, 시간을 멈추고 싶을 만큼 아름답다고 생각했다. 그러자 파도가, 물결의 모든 일렁임이 멈췄다. 내 옆에 붙어 있던 엄마 아빠마저도. 생전 처음 느껴보는 고요와 적막이었다. 세상에 나만 혼자 남은 것 같은 느낌이 두려워 다시 시간이 흐르길 바라는 마음에 울었다. 그러자 파도가 쳤다. 다시 아무렇지 않게 세상이 움직였다.

내 첫 발현은 아마 모두가 그랬듯이 두려움뿐이었다. 바다는 고요했다. 멈춘 시간 속에선 공기의 흐름마저 고요했고, 구름도 움직이지 않았고 파도도 치지 않았다. 모든 세상의 소음이 멈춘 것이었다.

"엄마…."

엄마와 아빠는 동시에 날 쳐다봤다. 울고 있던 나를 놀란 눈으로 쳐다보더니 무슨 일이냐고 물었다. 나는 머뭇거리다가 입을 열었다.

"나 방금, 시간이 멈춘 거 같은데."

부모님은 무슨 반응을 했어야 옳았을까. 엄마는 날 끌어안았다. 아주 어린 나의 키 높이에 맞춰 날 안았다. 그리고 속삭였다.

"절대로 들켜선 안 돼."

나는 고개를 끄덕였다. 그러나 궁금했다. 왜 이걸 꼭꼭 숨겨야 하고 들키면 안 되는 걸까.

날이 갈수록, 내가 클수록 그 이유는 자연스레 알 수 있었다. 세상은 내가 생각한 것처럼 멋지지 않았다. 초능력자들은 자신의 힘을 과시하며 사람을 해하며 도망 다녔고, 온갖 비도덕적이고 사회적인 사건들을 초래했다. 초능력자는 이미 사회악이 되어버린 지 오래였다. 부모님은 날 아주아주 귀하게 키우려고 노력했고, 과하다 싶을 정도로 외출을 못 하게 했다. 처음엔 나도 초능력을 조절하기 힘들었으니 이해하지만, 어느 정도 자란 후에도 계속되는 심한 억압은 날 지치게 하기에 충분했다.

연인이 초능력을 가지고 있다는 것. 걸릴 위험은 적고 범죄율은 높은 능력이라는 것. 걸리면 즉시 사형이나 격리 조치라는 걸 모르는 사람은 없을 것이다. 시간을 조종하는 능력이라는 건 그런 거니까. 윤슬이가 그런 사람이 아니라는 것을 세상은 궁금해하지 않는다. 그들에게 초능력자란 언제 터질지 모르는 시한폭탄 같은 존재일 뿐이다. 그럼에도 윤슬이는 늘 웃었다. 어떤 상황에서도 웃을 것처럼 그렇게 웃었다.

  늘 천진난만한 윤슬이에게 물어본 적이 있다.

"넌 안 무서워?"

"뭐가?"

"걸리면 어떻게 되는지 알잖아."

윤슬이는 잠깐 하늘을 보더니 웃으며 말했다. 나와 함께면 무서울 게 없다고. 왜일까. 그냥 장난 같은 말에 난 왜 죄책감을 느꼈을까. 이번에도 널 지킬 수 없을 것 같아서 그랬나 보다. 나는 무서웠다.

"다행이네."

너라도 밝게 남아줄 수 있어서. 빛보다 어둠이 익숙한 나에게 빛 같은 네가 있어서. 아마도 우린 함께할 것 같았다. 아주 오랫동안, 내 빛으로.

사실 알고 있었다. 알지. 알다마다. 무섭지 않을 리가 없잖아. 물론 초능력을 쓰지 않고도 살아갈 수 있다. 아마 많은 사람들이 그렇게 살고 있을 것이다. 하지만 만약 윤슬이가 조절하지 못할 상황을, 그렇게 언제 죽을지도 모르는 상황을 두려워하는 건 당연한 거였다.

그럼에도 윤슬이는 웃었다. 그저

"너랑 있으면 무서울 거 없어."

라고 말하며. 그 말은 진심일 수도 거짓일 수도 있다. 하지만 윤슬이는 그렇게 말해야 했다. 그게 사랑의 정론이니까.

어린 시절, 엄마는 매일 내게 뉴스를 보여줬다. 이번 뉴스는 한 연쇄살인마가 세 번째 살인을 저질렀다는 뉴스였다. 나는 가만히 바라보다가 아나운서의 마지막 말에 고개를 기울였다.

"경찰은 이번 사건도 초능력자의 소행으로 바라보며 수사하고 있습니다."

나는 다시 엄마를 봤다. 엄마는 입을 열었다.

"이거 봐, 또 초능력자 탓하고 있잖아."

나는 가만히 엄마를 바라봤다.

"세상은 틀려먹었어. 지금 이 미친 나라가 초능력자들을 공공의 적으로 만들고 있잖아. 그러니까 윤슬아, 네가 정신 똑바로 차리고 살아야 돼."

나는 나지막하게 왜냐고 물었다. 엄마는 한숨과 함께 머리를 쓸어 넘기고는 말했다.

"까딱하면 너도 보호소 끌려가서 죽는 거야. 모르겠어? 지금 사람들은 모든 죄를 뒤집어씌울 희생양이 필요한 거라고. 그리고 그게 지금은 초능력자들이야. 너처럼 아무 잘못 없는 초능력자들도 그렇게 되는 거야. 알았지?"

나는 고개를 끄덕였다. 그러나 어린 내가 이해하기엔 너무 어려운 말들이었다.

생각해 보면 우리도 남들과 같았던 적이 많았다. 처음 손을 잡았던 날을 너는 기억할까? 처음 입을 맞춘 날은? 생각해 보면 그게 같은 날이었구나. 그때도 가을이었다. 작년 가을. 함께 단풍을 보러 갔던 날이었지. 생각해 보면 그땐 너의 초능력도 알기 전이었고, 너에 대해 아는 것도 많이 없었던 것 같다. 초여름에 만나 얼마 안 됐을 때니까 그럴 만도 한 것 같기도 하고.

　보통 꽃을 보러 가지 단풍을 보러 가지는 않잖아. 너의 말에 나는 웃으며 그래서 더 의미 있는 거라고 말했다. 너는 내 말에 웃으며 내가 그렇다면 그런 거라고, 된 거라고 말했다. 내 말이라면 다 좋다는 네가 멍청하게도 좋았다. 그래서 좋았던 걸까.

함께 걷는 단풍 길 아래에서 손이 스치자 나는 아무 생각도 못 하고 네 손을 잡았다. 본능이 이성을 잡아먹은 기분이었다. 너는 분명 놀란 눈치였지만, 티를 안 내려는 건지 내려는 건지 헛기침을 했다. 그리곤 나를 곁눈질로 잠깐 쳐다보더니, 다시 앞을 보고 걸었다. 그 점마저 귀여워 고개를 숙여 네 볼에 입을 맞췄다. 너의 눈이 커지고 나의 눈은 웃으며 접혔다. 네가 나를 휙 하고 돌아보자 나는 입에 한 번 더 입을 맞췄다. 너의 얼굴이 빨개지고, 나는 웃었다. 이토록 예쁜 기억도 있는 가을이었다. 온통 붉은색 가을이었다.

그때도, 지금도.

오늘도 연습 중인 한마디가 있다. 좋아해. 그 말을 하지 못하고 벌써 이 년째 삼키고 있다. 여전히 내 옆에서 환하게 웃으며 친구들과 대화하고 있는 너지만, 나는 그저 널 바라볼 뿐이지만, 그래도 언젠가는 너와 내 시선이 닿겠지, 생각하며 그릴 뿐이지만, 언젠가는 꼭 내 마음을 말할 거다. 꼭 고백할 거다. 이번 계절이 지나기 전까지. 이 추운 겨울이 다 가기 전까지. 박이준. 내 첫사랑이다.

중학교에 올라와서 가장 먼저 봤고, 가장 눈에 띄었다. 아마 내가 낼 수 있는 가장 순수한 마음이었을 거다. 사귀고 싶은 생각도 아니었다. 워낙 눈길을 끄는 애였기에, 그저 친해지고 싶었고, 그저 말을 몇 번 나누어 보고 싶었고, 그저 많은 시간을 함께하고 싶었다. 이준이가 날 좋아하는 거까진 바라지도 않았다. 이준이는 늘 혼자 다니려 하는 것처럼 보였고, 그런 그에게도 유일한 친구가 있었다면 최바다였다. 둘은 늘 붙어 다녔고, 친구 이상으로 애틋해 보이기도 했다. 어딘가 사람을 멀리하는 듯한 이준이와 친해지는 데는 큰 노력이 필요했다. 나는 우선 최바다와 친해지기로 했다.

"안녕."

최바다는 갑자기 인사를 건네는 나를 이상하게 바라보았다. 그럴 만도 한 게, 같은 반인데도 말 한마디 나눠본 적이 없었다.

"친해지고 싶어."

"마음대로 해."

최바다는 밝은 아이였지만, 이상하리만치 여자애들에겐 쌀쌀했다. 성격도 좋아 보이고 내성적이고 인기 많은 둘이 몰려다니니, 다른 여자애들이 친해지고 싶어 하는 것도 당연한 일이었다. 하지만 보통 이런 쌀쌀한 반응이 돌아오니 대부분 친해지기를 포기했다. 하지만 난 아니었다. 어떻게든 이준이와 친해지고 싶었고, 그 수단이 최바다든 다른 사람이든 가리지 않을 생각이었다. 나는 하루도 빠짐없이 최바다에게 인사했고, 가끔은 옆에 있는 박이준에게도 같이 인사를 건넸다. 이준이가 껄끄러운 듯 인사를 받아주면, 그게 내가 하루를 살아갈 이유였다.

어느 날부터인지 최바다가 마음의 문을 열었다. 정말 끈질기게 다가간 덕분이었을까. 우린 연락처를 교환했고, 자주 문자를 나눴고, 학교에서도 대화를 나눴다. 바로 옆 반이었던 우리는 최바다가 마음을 열고부터는 빠르게 친해질 수 있었고, 자주 붙어 다녔다. 최바다와 붙어 다닌다는 것은 자연스레 이준이와 붙어 다닌다는 뜻도 됐다.

내가 이준이를 좋아하는 이유는 단순했다. 그저 박이준이 좋았다. 잘생겨서, 성격이 좋아서, 그런 이유가 아니었다. 그저 그 사람이 좋았고, 그 영혼이 좋았다.

요즘 같은 낭만 실조의 시대에 내가 나눈 감정은 모든 시대를 통틀어 가장 낭만적이어서, 잃을 수 없었던 거다. 아직 세상이 아름답다고 알려주었기에, 아직 하늘은 푸르고 봄내음은 달콤하고 바람은 시원하다는 걸 알려주어서, 내 하루가 전에는 없었던 것들로 가득 차서.

✗ ✗ ✗

최바다는 수단일 뿐이라고 생각해 왔지만, 어느새 나는 박이준보다도 최바다와 친해져 있었다. 단둘이 놀러 갈 때도 있었고, 가끔은 같이 하교할 때도 있었다. 날이 갈수록 죄책감은 커져만 갔다. 최바다를 이용하려고 했던 걸 말해야 할 것 같았다. 어느 날, 함께 하교하는 길에 나는 천천히 입을 열었다.

"바다야."

바다는 날 보며 고개를 갸우뚱했다.

"나 박이준 좋아해."

그 말에 최바다는 조금 심란해졌는지 아, 소리를 내고는 손으로 입 쪽을 건드렸다. 그리곤 약간 소리 내어 웃으며 말했다.

"대충 예상하긴 했어."

"예상했다고?"

최바다는 고개를 끄덕였다. 내가 그렇게 티 났었나. 그럼 박이준도 이미 알고 있으려나.

"티는 안 났어. 걱정 마."

그런 내 마음을 읽은 듯이 최바다는 말했다.

"박이준이랑 친해지려고 너 이용한 거야."

나는 일부러 말을 더 꺼냈다. 이것마저 용서받아야 마음이 편해질 것 같은 이기심이었다.

"그래? 내가 도와줄까?"

최바다의 반응은 정말 내 예상 밖이었다. 나는 되물었다.

"보통 이런 말 하면 화내야 하는 게 맞지 않아?"

"굳이? 그것도 대충 예상했거든."

애는 대체 몇 수를 내다보는 걸까, 싶으면서도 아무 말 하지 않는 최바다에게 고마웠다. 연을 끊을 각오로 말한 건데, 그럴 필요도 없어졌다.

"…비밀 하나 알려줄까."

최바다의 말에 나는 그를 쳐다봤다. 최바다는 말했다.

"우리 부모님은 초능력 연구원이야."

나는 당황했지만 아무렇지 않게 말했다.

"아, 그 고문, 아니 보호소에 있는 사람들? 근데?"

"너…. 진짜 아무것도 모르는구나."

나는 그때까지 최바다가 무슨 말을 하는지 이해할 수 없었다.

✷ ✷ ✷

며칠 후, 복도를 지나고 계단 쪽으로 향할 때, 이준이와 최바다의 목소리가 들렸다. 그냥 지나가도 되지만, 나는 왠지 모르게 숨어서 대화를 엿듣고 있었다.

"야, 바다야."

"어."

"내 능력도 들키면 좆되려나."

"…아마도."

이어서 허탈한 듯한 박이준의 웃음이 들렸다. 나는 입을 막았다.

내가 사랑하는 사람이 초능력자였다. 아직 세상이 받아들이지 못하는, 배척하고 두려워하는 존재였다. 하지만 그게 내가 이준이를 안 좋아할 이유가 되어주진 않았다. 나에겐 그를 배척하지 않을 힘이 있었다. 그래서 두려워하지 않기로 했다. 그가 초능력자건 일반적인 사람이건 상관없이 박이준 자체가 좋았기 때문에. 정말정말 오랫동안 묵혀두고 쌓아왔던 감정이었기 때문에. 그저 하루하루를 불안 속에 살아가야 할 이준이가 더욱 애틋해질 뿐이었다.

나는 며칠 후 고민하지 않고 이준이에게 다가갔다. 이준이는 나를 쳐다봤다. 무거운 침이 목구멍으로 크게 내려갔다. 나는 입을 열었다.

"너 초능력자야?"

이준이의 동공이 흔들림과 동시에

"그게 무슨 소리야."

아무렇지도 않은 변명이 들려왔다.

"다 들었어. 너 최바다랑 얘기하는 거."

이준이는 침묵했다. 나를 가만히 쳐다보기만 했다.

내가 이걸 말한다고 달라지는 게 뭐지? 그냥 너에게 조금 더 특별한 존재가 되고 싶었다 나는 먼저 말을 꺼냈다.

"너 최바다 부모님 뭐 하는 사람인지 알아?"

"뭔데?"

"초능력 연구원이야."

그러자 이준이는 말했다.

"알고 있어."

그 말에 머리가 띵해졌다. 그 말이 사실이라면 이준이는 지금 너무 큰 위험을 감수하면서 최바다와 친구로 지내고 있는 것 아닌가.

"근데 왜 친구로 지내, 최바다랑?"

이준이는 웃으며 답했다.

"친구잖아."

그 무해한 웃음이 어떤 결과를 가져올지는 너도 몰랐겠지.

✖ ✖ ✖

그 후로부터 이준이는 날 피하지 않았다. 그렇다고 날 좋아하지도 않았다. 그저 친구지만, 내가 좋아하는 것 정도는 분명히 알고 있을 그런 친구였다. 나는 그걸로도 만족했다. 어차피 이루어지지 않을 사랑임을 알고 있었기에, 바라보기만 해도 행복한 감정을 선사해 주는 그 애가 미치도록 고마웠기에.

하지만 욕심이 생겼다. 그와 함께 예쁜 기억을 만들고 싶은 욕심. 친구 이상의 무엇이 되고 싶은 욕심. 버려야 할 욕심. 특별한 존재가 되고 싶은 욕심. 점점 더 많은 걸 바랐다. 나는 손에 놀이공원 티켓 두 장을 들고 이준이에게 다가갔다.

표가 생겨버렸다는 변명으로 같이 갈 것을 물어보자, 이준이는 의외로 흔쾌하게 알겠다고 했다. 바다와 셋이 아니라

둘만 가는데 괜찮냐고 물었을 때도, 이준이는 그저 고개를 끄덕였다. 눈물이 핑 돌았다. 하지만 흘리지 않았다. 나는 기쁨에 젖어 고개를 끄덕이고 뒤를 돌았다. 어쩌면 우리가 조금 더 특별한 사이가 될 수도 있을 거라고 착각했다.

기다리던 날은 금방 찾아왔다. 사실 더디게 찾아왔다. 그날만 기다리던 하루하루는 너무 길었다. 만나기로 한 놀이공원 입구에서 이준이를 기다렸다.

늦어서 미안하다는 말과 함께 달려온 이준이는 평소와 똑같았다. 교복을 입지 않았을 뿐, 더 꾸미지도 덜 꾸미지도 않았다. 그 모습이 나쁘지 않았다. 오히려 다행이라고 생각했다. 내가 편하다는 뜻이니까. 굳이 불편하게 굴지 않아도 되는 사람이란 뜻이니까.

나는 머뭇거리다가 입을 열었다. 사실 오늘을 기다리면서 계속 하고 싶던 말이었다.

"오늘만 남자 친구처럼 대해줄 수 있어?"

이준이는 그게 무슨 말인지 생각하는 듯이 머뭇거리다가, 고개를 끄덕였다. 사실 이준이 성격에 수락할 것 정도는 알고 있었다. 하지만 진짜로 그렇게 대해줄 줄은 꿈에도 몰랐다.

우리는 놀이공원에 들어가서 정말 연인처럼 놀았다. 손을 잡아도 되냐는 물음에 수락한 이준이는 정말로 하루 종일 내 손을 잡고 다녔고, 연인처럼 사진도 찍고, 귀여운 머리띠를 맞춰 썼다. 종일 그렇게 놀았다. 손을 잡고, 붙어 있는 시간이 설레면서도 유한한 것임을 알기에 슬펐다. 진심이 아닌 걸 알기에 슬펐고, 이루어질 수 없음에 슬펐다.

놀이공원은 넓었고, 산꼭대기에 있는 관람차를 향해 하염없이 걷다가 조금 굽이 있는 신발을 신은 탓에 발을 헛디뎠다. 내가 아, 하고 신음 소리를 내자 조금 앞서가던 이준이가 뒤를 돌아봤다.

"괜찮아?"

다정한 물음에 괜찮다고 말하고 싶었지만, 너무 아파 발목을 부여잡고 고개를 저었다. 사람이 너무 많았다. 넘어져 있는 나를 보는 게 부끄러웠다. 그런 날 눈치챘는지, 이준이는 나를 업고 인적이 드문 곳으로 데려갔다. 나무와 벤치만 있는 놀이공원 구석에서, 나는 이제 괜찮다며 걸을 수 있다고 말했지만 이준이는 더 앉아 있으라며 나를 말렸다.

"관람차 타고 싶었는데."

시무룩해하는 나를 보며 이준이는 관람차 쪽을 바라봤

다. 폐장 시간도 얼마 남지 않았다. 이준이는 잠시 고민하는가 싶더니 나를 안았다. 나는 당황해서 뿌리치지도 못하고, 가만히 있다가 물었다.

"뭐 하는 거야…?"

"잠시만 기다려 봐."

나는 눈을 감았다. 지금의 온기, 감촉이 너무 좋았다. 떨어지고 싶지 않아 더 꽉 잡았다. 얼마나 지났을까, 갑자기 공기의 흐름이 바뀌었다. 나는 눈을 떴다. 실내였다.

"뭐야? 뭐 한 거야?"

다급하게 몸을 떼고 주변을 살피니 상공이었다. 정확히는 관람차 안이었다. 나는 이준이를 돌아봤다.

"관람차, 타고 싶다길래."

머쓱하게 웃는 이준이를 보고 있자니 기분이 묘했다. 그 묘한 감정이 사랑이라는 것 정도는 알고 있었지만, 그것보다도 더 불명확한 기분이었다. 이준이가 방금, 나 때문에 위험을 감수했다. 나는 침착하게 자리에 앉았다. 그러니 이준이도 나를 따라서 반대편에 앉았다. 어색한 침묵이 흘렀다. 창밖의 풍경은 반짝거렸다. 노란색이 주를 이룬, 알록달록한 색들이 번지고 있었다. 나는 그 풍경보다도 이준이가 더 예뻐 보여서, 이준이를 쳐다봤다. 불꽃이 터졌다. 창밖에서도, 내 안에서도. 펑펑 소리가 귀를 찔렀다. 이준이는 불꽃이 터지는 창밖을 바라보고 있었다.

좋아해.

입 밖으로 내뱉을 수 없는 말을 삼켰다. 삼키고 또 삼켰다. 만약 뱉는다면 어떻게 될지 상상이 되지 않았다. 지금까지 내 마음을 모두 받아준 이준이었지만, 왠지 이 마음까지는 받아주지 않을 것 같은 예감이 들었다. 그냥 왠지 그랬다.

그렇게 어색한 몇 분이 흐르고, 관람차에서 내렸다.
"발목 괜찮아? 업어줄까?"
내리자마자 말을 꺼내는 이준이었지만 나는 거절했다. 혼자서도 걸어갈 수 있다고, 괜찮다고. 이준이는 머쓱하게 웃으며 조심히 걸으라고 당부했다. 그 걱정마저 좋았다. 나는 알겠다고 답했다. 우리는 또 한참을 걸어 내려갔다. 그때만큼은 이 놀이공원이 넓어서 다행이라고 생각했다.

함께 걸을 때면 이준이는 날 왼쪽에 세웠다. 왜인지 이유는 모르겠지만, 왼쪽 얼굴을 바라보는 게 나쁘지만은 않았기에 의문을 품지 않았다. 나는 오른손을 비워두고 걸었고,

이준이는 모든 짐을 오른손으로만 들었다. 나의 오른손과 이준이의 왼손은 늘 닿을 수 있는 거리에 있었다. 하지만 그 누구도 먼저 닿지 않았다. 약 십 센티미터가량을 사이에 두고도 우리는 닿을 수 없었다. 그냥, 그랬다.

걷고 또 걷고, 놀이공원 입구에 다다랐을 때 헤어지기로 했다. 나는 손을 흔들었고, 이준이의 손은 내 머리 위로 올라왔다. 그러고는 손을 털어냈다.

"나뭇잎 붙었길래."

나뭇잎 같은 건 이준이의 손에 없었다. 머리 위에 감촉도 없었다. 나는 웃으며 고맙다고 답했다. 내가 오늘만 남자 친구처럼 굴어달라고 부탁한 거기에, 그래서 다정하게 대해주는 것뿐이라고 생각했다. 내일이 되면 다시 아무렇지도 않게 친구가 돼 있겠지. 학교에선 오늘 일을 잊어야 하겠지. 이준이도 나를 향해 손을 흔들었다. 나는 웃었다.

다음 날 학교에서는 정말 아무 일도 없다는 듯이 흘러갔다. 이준이는 어제처럼 다정하게 굴어주지 않았지만, 또 예전처럼 쌀쌀맞게 굴지도 않았다. 그저 다시 친구처럼. 하지만 조금 더 친밀해진 관계였다. 이런 관계성도 나쁘지 않다고 생각했다. 자주 문자를 했고, 가끔 전화를 했다. 등교할 때면 우리 집 앞까지 순간이동을 해서, 나와 함께 등교해 줬다.

그날도 특별할 게 없는 날이었다. 나는 우리 집 문 앞에서 나를 기다리던 이준이를 만났고, 함께 순간이동을 했다. 지금 생각해 보면 참 의문도 원망도 많다. 왜 하필 그때 그곳에 사람이 있었을까. 왜 그 사람이 최바다였을까. 왜 최바다는 부모님과 함께 있었을까. 이준이는 가만히 우리 넷을 바라보다가, 어디론가 사라져 버렸다. 최바다의 부모님은 놀란 마음을 진정하기도 전에 바다에게 너희 학교에 초능력자가 있었냐며 다그쳤다. 최바다는 목소리를 떨며 말했다.

"저도…. 방금 알았어요."

나는 조용히 바닥을 바라봤다. 바다의 부모님은 나에게도 질문을 하기 시작했다. 이준이의 이름이 뭔지, 능력은 정확히 순간이동인 건지. 나는 바다와 비슷하게 대답했다.

최바다의 부모님이 떠나고 나는 최바다에게 왜 부모님과 같이 있었냐고 물었다. 분명히 원망 섞인 목소리였다. 최바다는 할 말이 많아 보였다.

"부모님이 데려다준다 하셔서."

하지만 최바다는 그 말 외엔 아무 말도 하지 않았다. 최바다도 나에 대한 원망이 서려 있는 눈이었다. 왜 이준이의 초능력을 사용하게 했어? 왜 너 때문에 이준이가 위험을 감수해야 했어? 그런 말들을 바다의 눈은 삼키고 있었다.

이준이는 학교에 나오지 않았다. 최바다의 부모님이 이준이를 찾기에 학교는 너무 적합한 장소였다. 이준이는 아마 집에만 있었을 것이다. 그러나 고작 며칠 후, 최바다가 나에게 전화를 걸었다. 나는 전화를 받고 최바다가 하는 말을 조용히 들었다. 그러다 나는 내가 들은 말을 별로 믿고 싶지 않아 최바다에게 다시 물었다.
"그게 무슨 소리야?"
내 목소리는 한없이 떨리고 있었다. 제발 내가 들은 게 잘못 들은 거라고, 장난이라고 빌면서.
"이준이 잡혔다고."
나는 아무 말도 하지 못했다. 그저 전화기를 붙들고 가만히 허공을 바라봤다. 울지도 못했다. 울면 정말 다 포기하는 것 같아서.
"그래도, 그래도 너희 부모님이 보호소 소장이잖아. 나라에서 운영하는 거긴 해도, 너희 부모님한테 권한이 있는 거잖아. 그치? 이준이 연구당하는 거 아니지?"

전화기 너머로 바다는 아무 말도 없었다. 나는 대답을 기다리다 소리쳤다.

"대답하라고! 이준이 아무 일도 없게 해. 약속해."

나도 모르게 이미 눈물이 흐르고 있었다. 이준이가 어쩌다 잡혔는지, 그런 건 별로 중요한 게 아니었다. 전화가 끊어졌다. 나는 명확한 불안감에 휩싸였다. 소리 내서 울었다. 이제 이준이는 어떻게 되는 걸까, 상상하고 싶지 않았지만 자연스레 머릿속으로 이준이가 자꾸만 그려졌다. 이준이를 보지 않으려 눈을 감고 울어도 봤지만 생각을 떨쳐낼 수 없었다.

나는 한없이 함께 놀이공원에 갔던 날을 생각했다. 그날 고백할걸. 내 마음이라도 전해볼걸. 조금 더 그 순간을 간직하고 만끽할걸. 후회로 가득 찬 마음이 가슴을 아프게 쿡쿡 찔러왔다.

최바다의 얼굴은 날이 갈수록 어두워졌고, 그럴수록 난 불안해졌다. 이준이에게 무슨 일이라도 생긴 걸까. 매일 묻고 싶었지만 나 못지않게 심란한 바다를 생각하여 질문하지 않았다. 어느 날은 최바다가 반에서 나오지도 않고 울고 있길래, 다급하게 물었다.

"이준이한테 뭔 일 생겼어?"

눈물범벅이 된 최바다는 날 바라보며 울음을 삼켰지만 소용없었다. 나는 천천히 말하라며 바다의 등을 토닥였지만, 누구보다 내 손이 더 떨리고 있었다. 잘못된 건 아니겠지, 아니겠지.

"이대로면 죽을 수도 있을 것 같아."

나는 토닥이던 손을 멈췄다. 손 너머에서 한 사람의 떨림이 느껴졌다. 듣고 싶지 않았던 최악의 말만 간신히 비껴간 말이었다. 나는 재차 되물었다. 무슨 일이 생겼냐고. 바다는 고개를 숙이고 중얼거렸다.

"나는 이준이 못 구해…."

최바다의 눈은 쉴 새 없이 눈물을 쏟고 있었다. 나까지 울어버릴 것만 같아 무서웠다. 함께 무너지면 정말 돌이킬 수 없을까 봐, 구할 수 없을까 봐 무서웠다. 나는 바다의 어깨에 양손을 올리고 힘을 줬다. 왼쪽 뺨을 따라 눈물이 흘렀다.

"네가 구하겠다고 약속해."

나는 늘 최바다에게서 확신을 구하고 있었다. 바다는 여전히 고개를 떨군 채였다. 작게 흐느끼기만 하는 최바다를 향해 소리쳤다.

"약속하라고!"

내 목소리는 갈라지고 깨졌다. 최바다는 놀란 눈으로 나를 쳐다봤다가 다시 바닥을 보곤, 고개를 끄덕였다. 이상했다. 분명 고개를 끄덕였는데, 약속했는데도 전혀 진정되지 않았다. 전혀 안심되지 않았다. 나도 고개를 끄덕이며 손을 어깨에서 놓았다.

이준이가 죽으면, 나는 어떻게 살까. 어떻게든 살아질까. 그게 사는 걸까.

× × ×

미안해

이준이 죽었어

고작 몇 달 후. 최바다에게서 온 메시지 두 개에 오열할 수밖에 없었다. 한두 방울 떨어진 눈물을 시작으로 그렇게 몇 시간을 더 울었다. 소리 내 울었다. 박이준은 내 인생의 유일한 이유였고, 유일한 행복이었고, 유일한 사랑이었다. 어째서 신은 하필 그 애에게 초능력을 주었고, 어째서 세상은 다름을 인정하지 못하는가. 신이 원망스러웠고, 세상이 원망스러웠다.

장례식 내일부터야

나는 장례식에 갈 수 있을까 고민하다가 결국 가기로 했다. 이준이의 장례식에는 많은 사람이 오지 않았다. 원래라면 장례도 제대로 치르지 못했을 거다. 가녀린 꽃 같았던 그는 꽃처럼 잠깐 만개했다 빠르게 졌다. 나는 후회했다. 어떻게 그 오랜 기회와 오랜 시간 동안 한 번도 내 마음을 전하지 못했을까. 그리고 증오했다. 내 부모님이 연구원이었다면 절대 이준이가 죽게 내버려두지 않았을 것이다. 최바다가 이준이의 장례식에 왔다. 최바다는 왜 방관했을까. 왜 멈추게 하지 않았을까. 아니, 사실 어쩌면 바다가 막을 수 없는 일이라는 걸 이미 알고 있었을지도 모른다. 하지만 나는 분별력이 없었고, 원망할 대상이 필요했다.
짝-
최바다의 뺨을 때렸다. 최바다는 울고 있었다.

"네가 무슨 염치로 와."

빨개진 뺨을 붙들며 바다는 말했다.

"내가 미안해."

그 말에 나는 잠시 말을 잇지 못했다. 몇 날 며칠을 자책하고 있었을 최바다가 너무 선명히 보였기 때문에. 하지만 나는 최바다를 향해 소리쳤다.

"미안한 줄 알면 다시는 눈에 띄지 말라고!"

바다는 대답이 없었다. 나는 흥분을 가라앉히지 못하고 원망의 말들을 내뱉기 시작했다.

"너 때문이야. 다 너 때문이야. 너라면 지킬 수 있었잖아. 너라면 살릴 수 있었잖아! 왜 그랬어. 왜 지켜만 봤냐고!"

"멈출 수가 없었어."

"왜, 부모님이라서?"

최바다는 아무 말도 하지 않았다. 그저 눈물만 하염없이 떨굴 뿐이었다. 나도 그랬다. 더 이상 말을 해봤자 내 목만 더 메어왔고, 더 울었다간 쓰러질 것만 같았다.

"다신 찾아오지 마."

그렇게 말하고 뒤를 도는 나를 최바다는 붙잡지도 않았다. 그래도 최바다에게 남아 있던 정 때문이었을까, 뭐였을까. 그때조차도 계속 눈물이 흘렀다. 한순간에 내가 사랑하는 사람을 잃었고, 내가 믿고 의지했던 사람을 잃었다. 나는 최바다의 편을 들 수 없었다. 절대로, 이해할 수 없었다.

사실 나에 대한 자괴감과 죄책감을 최바다에게로 떠넘기고 있다는 사실을 모르고 있는 건 아니었다. 그러나 이준이가 나 때문에 죽었다는 말은, 나에게는 죽으라는 말과 다름없었다.

집으로 돌아온 나는 한참을 더 울었고 겨우 정신을 차렸을 땐 새벽녘이었다. 주섬주섬 침대에서 일어나 책상 앞에 앉았다. 세상을 다 잃은 얼굴로 멍때리다가, 종이를 잡아 들고 펜을 들었다. 그리고 뭉툭한 글씨로 글을 써 내려갔다.

좋아해.

삼켰어. 수백 번 수천 번 연습했지만, 이젠 전할 수도 없는 말이 되어버렸네. 나에게는 늘 과분한 사람, 늘 빛나는 사람, 내가 시리도록 그리는 사람. 스쳐 지나가는 한 줌의 기억이 되고 싶지 않아서 너의 곁에 조금만 더 머물려고 애썼는데, 전부 부질없어져 버렸네. 유독 밝던 그해. 널 처음 봤

을 땐 단순한 관심이었는데, 어느 순간부터 네 시선과 내 시선이 맞으면 좋겠다고 밤마다 바라고 있었어. 이젠 네가 없잖아. 시린 마음이 더 시려져. 나에게 새로운 사람이 생기지도 다른 사람한테 마음을 주지도 못할 것 같아. 이제 더 이상 아무도 사랑하고 싶지가 않아. 아주 잠깐의 감정이 너무 크게 번져서 이 지경까지 와버렸어. 좋아하지 말걸. 처음부터 널 알아보지 말걸. 좋아한다는 말이 뭐가 그렇게 어려웠는지. 행복하지 않았던 내 사랑이 이렇게 끝나버릴 줄 알았으면 시작하지 말걸. 있잖아, 이준아. 그래도 다시 만나는 날이 오면 정말 많이 사랑했다고 말할게.

다 쓴 종이를 부여잡고 한참을 더 울었다. 더 이상 나올 눈물도 없다고 생각했는데 계속 눈물이 났다. 이미 퉁퉁 부어버린 눈에서 짠 눈물이 흘러내렸다. 나는 왜 이렇게 바보같을까. 왜 네가 떠난 뒤에야 내 마음을 말할 수 있을까.

"사랑해…."

혼자 중얼거렸다. 아무도 듣고 있지 않겠지만, 누구도 알아주지 않겠지만 그래도 그렇게 몇 번이고 중얼거렸다. 네가 들어줬으면, 알아줬으면 좋겠어서 그랬다.

그렇게 이준이가 죽고 나서 이 년 뒤, 소문으로 최바다에게 여자 친구가 생겼다는 소식을 들었다. 그래서는 안 됐다. 최바다는 나와 이준이의 인생을 부숴놓고 행복해지면 안 되는 거였다. 그래서 그런 거다. 별 이유는 없었다. 그래서 구윤슬을 찾아갔다.

엄마에게 말했다. 남자 친구가 있다고, 그런데 그 남자 친구의 부모님이 초능력 연구원이라고. 엄마는 나에게 다시는 바다를 만나지 못하게 할 것처럼 말했다. 나를 데리고 미국에 간다고. 나는 한국에 남겠다고 말했지만, 내가 저항할 걸 알았는지 내가 자는 사이에 나를 데리고 공항으로 갔다. 눈을 떴을 땐 이미 비행기 안이었지만, 아직 이륙하기 전이라 시간을 멈추고 달아났다. 그렇게 몇 번이고 엄마와 아빠는 날 미국으로 데려가려 안달이었고, 나는 한국에 남겠다고 발버둥 쳤다. 부모님은 포기할 줄 몰랐다. 그러다, 사건이 하나 생겼다.

띠링-
너희 집에서 나와

띠링-

당장

딱 두 개의 메시지. 그 속에서 긴박함을 찾을 수 있었던 나는 최소한의 짐을 책가방에 쑤셔 넣고 집을 나가려던 참이었다. 엄마가 내 손목을 잡고 끌었다.

"어디 가, 가방 들고?"

"있어. 신경 쓰지 마."

"어떻게 신경을 안 써!"

"바다네 집 갈 거야."

"네가 미쳤지? 거길 제 발로 기어들어 가?"

"놔! 바다 부모님이 여기로 오고 계시대. 나가는 게 더 안전하다고."

"…그게 무슨 소리야."

"아예 나 잡으려고 작정을 했다고. 나가야 된다니까!"

엄마는 잡은 손을 놓지 않고 잠시 고민했다. 그러다,

"안 되겠다. 지금 엄마 아빠랑 같이 나가자."

"뭐?"

"엄마랑 있는 게 제일 안전한 거 알잖아."

부모의 울타리 안에 있는 게 과연 제일 안전한 걸까. 가장 상황을 잘 아는 바다 근처에 있는 게 오히려 안전하지 않을까. 외국으로 나가면 다를까. 거기선 아무도 날 찾을 수 없는 게 맞을까.

"싫어."

"구윤슬!"

"내가 죽든 말든 선택은 내가 할 거라고!"

"어떻게 엄마 앞에서 그런 말을 해? 엄마가 널 어떻게 키웠는데?"

"아주 온실 속 화초처럼 키우셨겠지. 그거 진짜 죽을 만큼 숨 막혔던 거 알아?"

"너 이거 지금 가출이야."

나는 더 듣지 않고 엄마의 손을 뿌리치고 나왔다. 엄마는 더 이상 나를 잡지 않았고, 나는 할 수 있는 최대로 빠르게 바다의 집까지 뛰어갔다.

"최바다!"

바다의 집 앞에 서서 문을 치며 소리 질렀다. 초인종도 누르고 소리도 계속 질러봤지만, 아무 응답이 없었다. 바다도 같이 나간 걸까. 그래도 계속 문을 쳤다.

그렇게 얼마나 지났을까, 목이 쓰리도록 소리치다 지쳤을 때 문이 열렸다. 아주 천천히 열린 현관문으로 본 건, 전보다 수척해진 바다였다.

바다의 눈엔 아무것도 담겨 있지 않았다. 그 초조함에 말들을 경황없이 뱉어냈다. 내가 사랑한, 무언가를 열심히 쫓던 눈이 흐릿했다. 마음이 찢어질 듯 아픈데, 바다가 눈물을 흘렸다.

바다의 집은 외로움이 덕지덕지 묻어 있는 공간이었다. 거실 한가운데 널브러져 있는 가족사진, 햇빛이 들어오지 못하게 쳐놓은 암막 커튼, 정리되지 않은 공간들. 바다는 천천히 냉장고로 다가가 문을 열었다가 이내 닫곤 말했다.

"마실 거 하나 없네. 물이라도 줄까?"

"아니, 괜찮아."

"좀 더럽지. 편한 데 앉아."

내가 아무 말이 없자 바다는 말을 이었다.

"아마 부모님이 내 일기장을 보신 것 같아. 그것 말고는 알 수 있는 방법이 없어."

"일기장에 내 초능력 얘기를 적었어…?"

바다는 고개를 끄덕거리고, 내 앞머리를 살짝 걷고는 이마에 작게 입을 맞췄다.

바다는 내 머리를 계속 쓰다듬었다. 자신의 가슴팍쯤에 내 머리를 두곤, 안심하라는 듯이 토닥였다. 바다는 내 어깨에 손을 올리고, 약간 거리를 두고, 내 눈을 똑바로 쳐다봤다. 내 눈엔 모든 게 서려 어둡게 고였다.

"윤슬아."

"응."

"나는 가족과 너 중에 뭘 선택해야 할까."

바다의 끝없는 고뇌에서 나온 유일한 질문인 것처럼 들렸다. 아무렇지 않게 나를 선택해 달라고 조를 수가 없었다. 쉬운 일이 아닌 걸 알기에, 윤리적이거나 맞는 길이 아닌 걸 알기에, 바다가 잘못된 길로 가기를 바랄 수 없었다. 하지만 나도 바다가 내 곁에 있으면 했다. 나도 답을 할 수 없었다.

"오빠…."

"내가 너랑 같이 살 수 있을까."

그 말에 어떤 결심이 들었다. 나는 바다의 손을 잡았다.

"도망가자."

순간 바다의 눈이 흔들렸다. 바다가 약간 웃으며 답했다.

"그럴까. 도망갈까, 우리."

그렇게 말하는 바다가 아름다워 보였다. 빛이 없어도 빛나는 눈이, 흔들리지 않고 굳건한 마음이. 바다가 웃었다. 내 안의 어떤 물결이 크게 파도쳤다. 바다는 이런 상황 속에서도 웃었다. 나는 바다의 손을 잡고 뛰쳐나왔다. 우린 둘 다 환하게 웃었다. 아마 우리가 그때 그렇게 같이 죽어버렸어도 그리 비극적이지 않았을 것이다.

문제는 그게 아니었다는 거다.

순식간이었다. 생각할 틈도 없었다. 왜 그렇게 돼야 했나. 내가 너보다 뒤에 서서 걷고 있었더라면, 바다가 내 손을 잡고 있지 않았더라면, 우리가 나란히 걷고 있었더라면…. 바다만 그렇게 되지 않았을 것이다. 적어도 나와 그것조차 함께했을 것이다. 차에 치이기 전에 시간을 멈출걸. 그럴 수 있었을 텐데. 누군가의 비명 소리가 들리자 그제야 난 정신이 들었고, 시간을 멈췄다. 바다를 업고 뛰었다. 이제 무엇이든 상관없었다. 내 능력을 숨기는 것보다 소중한 걸 지켜야 했다. 피를 토할 것 같을 때까지 뛰고 뛰기만 했다. 내 능력만큼 쓸모없는 게 있을까. 정작 사랑하는 사람을 위해선 쓰지도 못하는데. 결국 이렇게, 이미 죽어가는 너를 살리려 안달이 난 것뿐인데. 살리고 싶다. 살리고 싶다.

  응급실 앞에 도착했고 다시 시간이 흘렀다. 갑자기 나타난 우리를 본 주변 사람들이 놀란 게 보였지만, 나는 신경쓰지 않았다. 피를 흘리는 바다를 응급실 안으로 보내고 나서야 나를 쳐다보는 사람들의 시선이, 내 등에 덕지덕지 묻은 바다의 피가 보였다. 그제야 정신을 차린 나는 택시를 잡고 빠르게 집으로 향했다.
  '그래, 엄마한테 말하면 해결될 거야.'
  그렇게 생각했다.
  바다가 어떻게 됐는지는 자세히 듣지 못했다. 미성년자이기에 보호자 동의 없이 수술이 불가능해 나중에야 바다의 부모님이 전화를 받고 오셨다고 들었다. 내가 곁에 있어주지 못함에 너무 미안했다. 그래도 그 시선을 버틸 자신이 없었기에, 도망칠 수밖에 없었다. 당장 택시에 올라탔을 때도 기사님은 나를 신기한 눈으로 쳐다보고 있었다. 이미 걸린 거 시간 능력을 써서 도망갈 걸 그랬나, 차라리 한 번은 잘못 봤다고 여기게 하는 게 낫지 않을까. 그런 불안한 생각들을 하며 집으로 향했다.

"다녀왔습니다."

"세상에, 너 피가 이게 다 뭐야?"

엄마가 소스라치게 놀라며 현관으로 달려 나왔다.

"내 피는 아니야."

"그럼, 누구 핀데? 무슨 일 있었던 거야?"

"최바다…."

엄마는 내 말에 약간 뜸을 들이고 말했다.

"바다 사고 났니?"

"응."

"바다 많이 안 다쳤어? 너는, 너는 괜찮고?"

"나는 괜찮은데 바다가…."

엄마는 그 말에 날 안고선 안심한 듯 숨을 내쉬었다.

"괜찮아, 너 안 다쳤으면 됐어…. 괜찮아."

엄마는 안도했는데, 나는 전혀 그렇지 못했다. 그제야 모든 게 정리되고 눈물이 났다. 내가 다쳤어야 했다. 내가 다쳤으면 차라리 덜 다쳤을 거다. 네가 다쳐서 대처가 느렸던 거다. 아니, 죽더라도 내가 죽는 게 맞지. 너는 지금 이 순간에도 죽어갈 텐데, 나는 왜 엄마 품에 안겨 있지?

바다와 처음 바다를 보러 간 날이었다. 아침 일찍 출발해본 낮의 청량한 바다는 어째서인지 고요하지 않았다. 어렸을 때의 기억이 마지막이라 많이 왜곡됐던 걸까? 내 기억의 바다는 굉장히 고요하고 평화로웠는데, 파도가 시끄러웠다. 그래도 일정하게 퍼지는 소리가 그다지 나쁘지만은 않기도 하고, 아무튼 이상했다.

바다는 내 반응을 엄청나게 기대하는 눈치였다. 그 기대를 실망시킬 수 없어 엄청 기뻐하는 척했다. 그래, 그래도 바다는 바다고 나는 너랑 함께 있는 것만으로 충분히 행복하니까. 그렇게 해가 질 때까지 돗자리를 펴고 앉아 있었다. 우리가 나눈 이야기들도 별거 없다. 그저 우리가 얼마나 서로를 사랑하는지, 서로를 얼마나 그리워했고 앞으로 함께할 미래가 얼마나 아름다울지 이야기했다. 늘 하는 이야기였지만 할 때마다 늘 기분 좋은 말들이었기에, 아끼지 않고 나누자 했었다.

사실 나는 파도 없는 바다가 좋다고 말하면 넌 날 어디로 데려갈까 싶었다. 어느 바다의 끝자락이든 파도는 존재하는 법이니까. 차라리 태평양 한가운데 같은 곳이 좋을 것 같아. 표류한 것 같다고 느껴도 오히려 평온할 것 같아. 아무래도 너만 있으면 되니까. 돛단배 하나를 띄워두고 너와 몇 날 밤이고 지내면서 낮엔 햇살에 일렁이는 윤슬을 구경하다가, 해가 다 지면 같이 누워서 게슴츠레 반짝이는 별들을 구경하다 고요함 위에서 잠드는 거지. 굳이 너여야 돼. 굳이 너랑 나여야 하고, 굳이 우리여야 하니까.

"난 파도 없는 바다가 좋아."

넌 내 말에 눈앞에 있는 파도를 바라보더니 다시 내 눈을 바라봤다. 네 눈에 내 눈이 비쳤다. 파도는 왜 싫냐고 묻길래, 소리가 너무 시끄러워 잡아먹힐 것 같다고 답했다. 너는 눈을 감고 파도 소리에 집중했다.

"듣고 보니 그런 것 같기도 하네."

내 말이라면 뭐든 다 맞다고 해줄 것만 같은 네가 좋았다. 바다는 갑자기 일어나서 바지를 툭툭 털더니, 날 들어 올려 안고 바다로 걸어갔다. 걷어 올린 바지가 소용도 없게, 물이 바다의 허벅지까지 차올랐다. 파도가 칠 때마다 그 팔 위에서 떨어질 것만 같아 눈을 감았다.

"제대로 봐봐."

그 말에야 눈을 떴다. 앞에는 여전히 파도가 있었다. 여전히 날 집어삼킬 거 같은 파도가.

"뭘 보라는 거야?"

"이런 건 우리 못 집어삼켜."

"그러다 엄청 큰 거 오면 어쩌려고."

"그래도 우린 안 죽어."

바다가 날 품에 안고 속삭이던 말들은 이상하게 엄청난 위안이 되는 느낌이었다. 아마 평생 너는 나랑 함께일 것만 같았다.

바다는 그날, 내 부탁으로 바이올린을 가져왔다. 어느새 해가 질 무렵이었다.

"바이올린 쳐주면 안 돼?"

"바이올린은 켠다고 하는 거야."

"그게 그거지…. 그럼 켜줘."

"그래."

바다는 바이올린을 꺼내 어깨에 올려두었다.

"뭐 듣고 싶어?"

"아무거나, 오빠 잘하는 거."

"음…."

바이올린 선율이 흘렀다. 역시 난 이게 좋았다. 어딘가 허공을 바라보고 있지만 생기 있는 눈동자, 가는 손가락 끝이 흔들릴 때 더 아름답게 변하는 소리, 또 같이 떨리는 턱끝. 원래 가냘픈 손목이 더 잘 보이는 왼손. 바다와 너무나도 잘 어울리는 취미였다. 노래 한 곡이 끝나자 다시 파도 소리가 크게 들렸다.

"전공으로 갈 생각은 없어?"

"공부도 잘하는데 뭐 하러."

"진짜 재수 없다."

바다는 그 말에 킥킥대다가 놀리는 투로 말했다.

"너는 할 줄 아는 거 있어?"

"조용히 해."

우리는 해변가에 앉아 한참을 얘기했다. 농담을 주고받고, 미래를 생각하고, 과거를 나누며 또 현재를 주고받았다.

나는 노트를 꺼냈다.

"또 시야?"

바다가 말하자 나는 짜증 내는 투로 말했다.

"싫다고 하기만 해봐."

"좋아, 좋아. 읊어줘."

나는 웃으며 목을 가다듬고 시를 읊기 시작했다.

윤슬의 바다

쏟아낸 낱말들은 집이 되고
새벽녘의 혼례는 구름이 되고
빛과 빛을 모아 화살표를 그리고

페인트칠한 화분 위에 싹을 틔우고
나는 너를 영영 사랑한다고
시에서나 적던 영원에 가까운 말을 한다

손목시계 초침소리가 맥박과 겹칠 때
오래된 장난감이 삐걱거리는 것처럼
어쩔 수 없이 그럴 수밖에라는 거지

바다 위엔 윤슬이 반짝이고
윤슬은 그 바다를 다 가진 듯이
더 바랄 게 없는 듯이 둘이어서 가능하게
아름답게, 또 아름답게 빛난다

바다는 내 시를 읽고 웃었다. 나는 왜 웃냐며 바다를 나무랐고, 바다는 좋아서, 라고 답했다. 우리는 그러고 또 한참 동안 사랑에 대해서 얘기했다.

"인간은 언젠가 죽잖아."

나는 그렇게 말했다. 바다는 고개를 작게 끄덕였다.

"그럼 나는 너한테 죽을래."

나는 싱긋 웃었다. 바다는 그게 무슨 말이냐고 되묻는 대신, 나를 따라 웃으며 알겠다고 답했다.

아직 밝은 저녁 8시의 하늘 아래서 우린 또다시 영원을 약속했다. 가벼운 새끼손가락에 걸린 무거운 맹세는 굳은 결의가 담겨 있기도, 진한 사랑이 담겨 있기도 했다.

    선홍빛 구름과 밝은 반달이 떠 있었다. 바다엔 윤슬이 반짝였다. 우린 영원하기로 했다.

✨

바다가 어느 병원에 입원해 있는지 말해줬다. 빈손으로 가면 안 되지 않을까 해서 작은 간식 하나를 사 들고 갔다. 아주 큰 대학병원이었다. 일인실을 쓴다고 들어 일단 입원 병동으로 갔다. 상상도 못 할 만큼 복잡한 면회 절차였지만, 바다가 메시지로 하나하나 알려줘 겨우 들어갈 수 있었다. 잔뜩 긴장한 채 병실 문 앞에 섰다. 바다가 얼마나 끔찍한 모습일지 상상이 되어 손을 떨며 문을 두드렸다.

"들어오세요."

오랜만에 듣는 목소리에 울컥한 채로 문을 열었다. 수척해진 바다가 있었다. 바다는 어설프게 웃으며 "왔어?"라고 말했고, 나는 달려가 바다를 껴안았다.

"나는…. 진짜 너 죽는 줄 알고."

"내가 죽긴 왜 죽어."

바다는 울고 있는 내 등을 토닥였다. 팔에 꽂혀 있는 링거 줄이 걸리적거렸는지 자세가 조금 어정쩡했다.

"몸은, 몸은 좀 어때. 괜찮아? 수술은 잘된 거야?"

"괜찮아. 수술도 잘됐어."

"다행이다…."

나는 할 말이 많았지만 대부분 삼켰다. 그렇게 고르고 고른 말 한마디가

"미안해."였다.

나는 끊임없이 울었고 바다는 웃으며 그런 날 달래주었다.

"네가 미안할 게 뭐가 있다고."

"못 구했어…. 시간 멈출 수 있었는데."

"괜찮아. 아무도 네 탓 안 할 거야."

나는 그 말을 굳게 믿고 고개를 끄덕였다. 이제 와서 바다를 탓하는 건 아니지만, 나는 그 말을 믿어서는 안 됐었다. 세상엔 아무 잘못이 없어도 남에게서 이유를 만드는 사람들이 늘 존재했기에.

그건 네 탓이 아니야, 바다야. 그렇게는 말하고 싶었다.

아버지가 윤슬이의 존재를 알았다. 이것만큼 위험한 일은 없었다. 그럼 자연스레 윤슬이가 나를 보기 위해 병원에 찾아온다는 것도 알게 될 거고, 그럼 윤슬이가 잡히는 것도 시간문제였다. 정말 아버지가 일기장을 본 걸까. 뭐든, 이유는 별로 중요한 게 아니었다. 나에게도 계획이 필요했다. 윤슬이가 혼자 감당하게 할 순 없었다.

"그럼 윤슬아, 너는 이틀 뒤에 도망간 거야."
 나는 눈물을 참으며 말했다. 물론 참는다고 울지 않는다는 보장은 없었다. 내 눈물은 이미 흐르고 있었다.
"그럼 어떡해. 이제 찾아오면 안 되는 거야?"
"응. 찾아올 거면 아주 새벽."

"그땐 면회도 안 될 텐데."

"그때 시간을 멈추자."

"병실 들어오면 다시 풀고?"

"응."

윤슬이는 픽 웃으며 말했다.

"무슨 영화 찍는 거 같네. 미션 수행하는 거 같아."

"그렇게 가볍게 볼 문제는 아닌데."

나는 이왕 이렇게 된 거 긍정적으로 생각하자며 웃었다. 그 말에 윤슬이도 동의했는지 옅게 따라 웃었고, 나는 그제야 울음을 그칠 수 있었다. 웃고 있는 윤슬이의 얼굴을 다시 볼 수 있어서, 정말 다행이라고 생각했다.

며칠 후, 병실 문이 열렸다. 아버지겠거니 하고 침대에서 일어났을 때 마주친 눈은 익숙하지만 오래된 것이었다. 심유림이 찾아왔다. 그 뒤엔 아버지가 서 있었다.

"친구가 병문안 오고 싶다길래 데려왔다."

아버지의 기억에서 심유림은 그저 친한 친구였을 것이다. 그래서 아무 의심 없이 데려왔겠지. 아버지는 그 말을 끝으로 병실을 나갔다. 병실 안은 심유림과 나만의 공간이 되었고, 어색한 정적만이 흘렀다. 먼저 운을 뗀 건 나였다.

"왜 왔어."

심유림은 내 말에 가까이 다가와 앉았다.

"교통사고 당했다길래, 걱정돼서."

나는 혼란스러웠다. 우리가 그럴 사이는 아니지 않나, 라고 말하기엔 우린 너무 각별했고, 같은 아픔을 나눈 사이였다.

또 정적만이 병실을 채웠다. 나는 심유림이 날 찾아온 이유를 계속 생각해 내려 했다. 나는 고민 끝에 입을 열었다.

"너, 나 용서했어?"

오랫동안 묻고 싶었던 질문을 했다. 심유림은 웃으며 답했다.

"당연하지."

그제야 나는 오랜 숙제가 해결된 듯한 느낌을 받았다. 나는 심유림을 따라 웃었다. 오랜만에, 마음을 놓고 웃었다. 조금 편해진 분위기에 나는 윤슬이에 관해 질문했다. 왜 이준이 얘기를 했냐고. 심유림은 '박이준'이라는 이름에 표정이 미세하게 변했다가, 이내 다시 웃으며 말했다.

"네 여친이잖아. 알아야 할 것 같아서."

"몰랐어도 되는 얘긴데."

"그럼 언제까지 숨길 생각이었는데?"

심유림은 당황스러울 정도로 당당했다. 마치 내가 하지 못한 이야기를 대신 해줬으니, 오히려 고마워하라는 투였다.

"거봐, 계속 숨길 거였잖아."

심유림은 그렇게 말하며 말을 이었다.

"요즘은 어때. 잘 지내?"

"윤슬이가…. 많이 힘들지. 우리 부모님 피해 다니느라고."

그 말에 또 심유림의 표정이 미묘하게 바뀌었다.

"그렇겠네. 간수 잘해. 또 이준이처럼 만들지 말고."

"굳이 이준이 얘기를 꺼내는 이유가 뭐야?"

"그냥, 윤슬이는 그러면 안 되잖아."

심유림은 그렇게 말하며 웃었다. 나는 어딘가 찝찝한 마음을 눌러 담았다. 그건 듣고 싶지 않았던 이름을 들어서일 뿐이라고 생각하며 말이다.

심유림은 얼른 회복하긴 바란다는 말을 뒤로 병실을 나갔다. 그리곤 동시에 병실 밖에서 기다리던 아버지가 들어왔다.

"구윤슬이란 애는, 연락 없냐."

"없어요."

아버지는 큼큼거리는 헛기침 소리와 함께 병실을 나갔다. 나에게 볼일은 그거밖에 없었겠지. 나는 그러면서도 초조해졌다. 아버지가 점점 나를 의심할 수도 있겠다는 생각을 했다.

며칠 후 찾아온 윤슬이를 나는 달갑게 대할 수 없었다.

윤슬이가 날 떠날 것 같았다. 아니, 거의 그렇게 확신하고 있었다. 정작 윤슬이는 아무 말도 없었는데.

"넌 떠날 거잖아."

내가 무심하게 말하자 윤슬이는 바로 답했다.

"난 죽어도 오빠 안 떠나."

넌 왜 그렇게 당연하게 말했을까. 마치 아주 오랫동안 결심해 온 것처럼, 처음부터 그래야만 하는 것처럼. 네가 그러면 안 되는 거잖아. 그럼 당연히 네가 떠날 거라 확신한 내가 뭐가 돼.

"너, 도망가야 돼."

"난 안 떠난다고."

틀렸어. 넌 날 떠나게 될 거야. 우린 너무 어리니까. 죽음을 이겨낼 힘은 너에게도, 나에게도 있을 리가 없고 넌 살아야 하니까.

세상은 틀려먹었어. 너 같은 아이들은 보호해야 하는데, 선하게 사용돼야 하는데, 세상은 왜 이렇게 잔인할까. 넌 너무 소중하고 특별한데 왜 그걸 알아주질 못할까. 물론 네가 소중한 것도 특별한 것도 네 능력 때문은 아니야. 알기 한참 전부터 넌 내게 특별했는걸.

윤슬이는 이미 마음을 정한 것만 같았다. 어떻게든 내 곁을 떠나야 서로가 안전하단 건, 윤슬이도 분명 알고 있었을 것이다.

나는 그 이후로 한참 동안 생각에 잠겨야 했다. 어떻게 윤슬이가 날 떠나게 할지, 그게 가능은 할지, 나는 혼자 남아도 멀쩡할 자신이 있는지. 무슨 수를 써서라도 내 곁에서 떠나보내야 한다. 내가 죽을 각오도 없으면서 어떻게 윤슬이를 겨우 나 때문에 사지로 내몰까. 나만 없으면 윤슬이도 내 곁에 있을 이유가 없지 않나. 나는 고민하다 핸드폰을 들었다.
"아버지."
"웬일이냐. 먼저 전화를 다 하고."
"병원을 좀 옮기고 싶어서요."
"치료 잘 받고 있으면서 왜."
"같은 창만 보니까 좀 지겨운 것 같기도 하고요."
"겨우 그게 이유냐?"
"예."
"알아보긴 하마."
"아, 웬만하면 전화도 바꿀래요."

"마음대로 해라."

전화번호도 바꾸고 병원도 옮기면 네가 찾아올 일은 없을 것이다. 그럼 포기하고 너도 행복하게 살겠지. 당장이야 내가 아니면 안 될 것 같겠지만, 또 새로운 사람을 만나면 금방 잊게 될 거다. 그러니 이게 맞다. 이제 정말 끝이다. 둘 중 하나가 죽어야만 끝나는 관계일 줄 알았다.

지금 거신 번호는 없는 번호입니다…

어라, 이럴 리가 없는데.

번호를 바꿨나? 그럼 바뀐 번호로 연락이 왔어야 하는 거 아닌가. 내가 잘못 입력했나? 아닌데, 맨날 걸던 번혼데.

새벽 2시, 시간을 멈추곤 바로 병원으로 달려갔다. 아무도 없는 일인실이 나를 반겼지만, 주저하지 않고 병원 안 병실들을 모두 뒤졌다. 멈춘 시간 속에서 그렇게 몇 시간을 뛰어다니고 나서야 바다가 먼저 날 떠난 걸까, 하는 생각이 들었다.

어떻게 해야 되지, 어떻게 해야 할까. 나는 같은 번호로 몇 번이고 전화를 걸었고, 몇 번이고 바다가 있던 병실을 찾아갔다. 하지만 결과는 늘 같았다. 바다는 날 반겨주지 않았다. 나는 머리가 텅 비어버렸다.

 네가 이렇게 떠나버리면 나는 어떡하라고. 나는 어떻게 살아가라고. 너 하나 없는 내 세상이 얼마나 공허하고 무서운지 알면서 나한테 이러면 안 되지. 이러면 안 되는 거잖아.

 더 이상 닿을 수 있는 방법이 없음에 절망했다. 나는 아무것도 할 수 없었다. 바다가 나에 대해 아는 것에 비해 나는 바다에 대해 아는 것이 없었다. 방 안에 틀어박혀서 며칠을 울었을까. 밥도 잘 넘어가지 않았고 물이나 약을 삼키기도 어려웠다. 엄마가 내 방문을 두드리며 말했다.

 "대체 언제까지 이럴래? 새로운 사람 만나면 되잖아."

 나는 그 말에 몇 시간이고 더 울었던 것 같다. 새로운 사람을 만난다는 전제 자체가 나한텐 존재하면 안 됐다. 소리 내서도 울고, 소리 없이도 울고, 머리가 아파 깨져버릴 것 같기도 하고, 지쳐 잠들었다가 깨자마자 다시 울고. 내 눈물로 방 안을 가득 채울 수 있을 것 같았다.

 엄마가 방으로 가져다준 밥을 먹고는 몇 분 만에 다 토해 냈다. 살은 점점 더 빠져 보기 흉측할 정도였고, 나는 절망했다. 바다가 없다는 사실에 한 번, 겨우 바다가 없다는 사실에 절망하는 내 모습에 한 번.

그렇지만 세상의 일부가 사라졌는데 멀쩡할 수 있는 사람이 얼마나 있을까. 나는 아주 천천히 회복하려 애썼다. 글도 써봤고, 노래도 들어봤고, 같이 갔던 곳을 가보기도 했다. 처음 간 곳은 내가 바다에게 초능력을 보여줬던 집 앞 벤치였다. 그곳에서 시간을 멈췄다. 그리고 또 한참을 펑펑 울었다. 멈춘 시간 속에서 내 목소리만이 웅웅 울리는 것 같았다. 나는 시간을 멈추는 일이 싫었다. 완전한 혼자가 되는 것 같았다. 이제는 더욱 완전한 혼자였다.

그때 난 매일 수지에게 전화를 걸었다. 공허함을 채우기 위한 나만의 방식이었다. 그날도 수지에게 전화를 걸었었다

"어떻게 나한테 이럴 수가 있어. 나랑 영원할 거라 했잖아. 나밖에 없다고 했잖아."

"윤슬아, 이런 말 하기 미안하긴 한데…."

수지는 뜸을 들였다.

"바다 선배도 그럴만한 이유가 있지 않으셨을까? 네가 그랬잖아. 바다 선배 부모님한테 잡히면 죽을 거라고. 바다 선배도 그게 싫으니까 너를 멀리하는 걸 수도 있잖아."

"그런 거면 왜 진작에 안 피하고 지금? 괜찮다고 그랬어. 죽어도 함께라고 그랬어. 근데 왜?"

"…난 모르겠다."

수지는 그렇게 말하고 전화를 끊었다. 늘 묵묵하게 들어주던 수지였는데, 처음으로 내가 귀찮다는 식으로 굴었다. 아니, 어쩌면 당연한 인과관계일지도 모르겠다. 나한테 질리지 않는 게 이상할 정도로 매일 전화를 걸어 징징거리기만 했으니까. 하나 남은 끈마저 내 손으로 놓친 기분이었다. 나는 꺼진 전화기를 붙들고 가만히 허공을 바라보았다.

"저 미국으로 갈게요."

엄마는 내 말에 식탁 의자에서 벌떡 일어났다.

"정말이야?"

"네."

내 눈엔 여전히 선명한 눈물자국이 나 있었고, 엄마는 날 안았다.

"잘 생각했다, 잘 생각했어…."

비행기는 다음 날 새벽이었다. 나는 동도 트지 않은 새벽에 공항으로 가는 차 안에 앉았다. 차도 없이 뻥 뚫린 도로를 아빠는 마음 편하게 운전했다. 나는 빠르게 변하는 창밖을 가만히 바라봤다. 흔들리는 차만큼이나 함께 요동치는 마음을 모른 척하느라 애쓰고 있었다.

공항에 도착했다. 난 복잡한 절차를 밟고 비행기에 탈 수 있었다. 부모님은 나를 창가 자리에 앉혔다. 얼마 지나지 않아 안내방송이 울렸다.

"저희 비행기 이륙을 위해, 잠시 후 출입문을 닫겠습니다."

나는 그 말에 급박하게 시간을 멈췄다. 나는 숨을 가쁘게 쉬었고, 세상은 정지해 있었다. 문 쪽으로 나가자 승무원이 문을 닫기 위해 잡고 있었다. 나는 비행기를 뛰쳐나왔다. 이건 아니었다. 이런 식으로 떠나는 건 아니었다. 이건 영영 바다를 만나지 못한다는 소리와 다름없었다. 그건 안 된다. 나는 살더라도 죽더라도 바다 옆이어야 한다.

그날 새벽, 나는 알지도 못하는 도로를 죽어라 달렸다. 구름도 움직이지 않고, 해도 달도 모두 멈춰 있는 시간 속에서, 나는 달리고 또 달렸다. 목적지가 어디인지도 명확히 모른 채, 그저 공항에서만 멀리, 또 멀리.

혼자가 됐다. 다시 전으로 돌아간 거다. 이거면 된 거다. 이 젠 나도 회복에만 전념하면 되고, 윤슬이는 나를 잊고 잘 살아가면 된다. 그렇게 생각했다. 그런데 내 감정을 나도 주체할 수 없었다. 내 손으로 윤슬이를 끊어냈다는 사실이 말도 안 되게 고통스러웠고, 자책했고, 죽고 싶었다. 다시 윤슬이를 볼 면목이 없었다. 그 사실이 나를 더 비참하게 만들었다.

평범한 일상을 보내고 있음에도 평범하다는 생각이 들지 않았다. 내 평범함을 채워주는 건 어느새 윤슬이었다. 바뀐 핸드폰으로 윤슬이에게 전화를 걸어볼까 몇 번을 고민했다. 윤슬이의 전화번호를 몇 번이고 쓰다가 지웠다. 윤슬이를 기다리는 일이 없는 내 하루는 너무나 공허했고, 삶의 의지 또한 점점 사라지고 있었다. 자주 울었고, 자주 몸이 아팠다.

하루하루가 지옥이었다. 이준이를 잃었을 때와 비슷한 감정을 느꼈다. 아직 윤슬이는 죽지도 않았는데. 내 옆에 있으면 위험한 일만 있을 텐데.

하루는 일어났을 때부터 해가 질 때까지 윤슬이 생각만 나서, 죽을 만큼 괴로워서, 정말 죽어버릴까 생각한 적도 있다. 내 서랍 속엔 늘 나이프가 있었고, 언제든지 내 손목이나 목을 그을 수도 있었으니. 하지만 그러지 않았다. 왜일까. 언젠가 윤슬이가 다시 날 찾아올지도 모른다는 희망 때문이었을까. 내가 윤슬이를 버려놓고? 꿈 같은 소리였다. 아버지가 날 찾아왔을 때, 아버지는 아무 말도 없었다. 평소처럼 내 상태를 의사에게 확인받고, 날 한번 쓱 보고 방을 나갔다.

혼자였다. 완벽히 혼자였다.

"바다 위엔 윤슬이 반짝이고, 윤슬은 그 바다를 다 가진 듯이…."

언젠가 윤슬이가 써준 시를 중얼거렸다.

"더 바랄 게 없는 듯이 둘이서 가능하게, 아름답게…."

✧

 시간이 많이 지났을 때였다. 나는 한국에 있었다. 이제는 바다 없이 살 수 있을지도 모르겠다는 헛된 생각이 들기도 할 때쯤이었다. 문득 생각났다. 심유림이. 심유림이라면 바다가 어디 있는지 알지 않을까. 아니, 이미 절교한 사인데 바다가 자기 위치를 말했을까? 그래도 심유림이 내 마지막 희망이었다. 나는 가방을 뒤졌다.

 나는 전에 받은 쪽지를 펼쳐봤다. 심유림으로부터 받은 거였다. 나는 쪽지에 적혀 있는 전화번호를 휴대폰에 옮겨 쳤다. 전화 버튼을 누를까 고민하다가, 문자 버튼을 눌렀다. 조심히 한 글자씩 썼다.

 바다 어디로 갔는지 아세요?

보낸 지 얼마 되지 않아 입력 중 표시가 떴다. 답장은 빠르게 도착했다.

○○병원 313호

심유림은 더 이상 아무것도 물어보지 않았다. 나 또한 그걸 어떻게 알고 있냐고 물어보지 않았다. 그저 그날 밤 바다를 찾아갈 생각으로 가득 차 있었다.

그날 밤, 현관문을 나서려는 나를 엄마가 잡았다.
"어디 가, 이 시간에."
"바다가 어디 있는지 찾았어."
엄마는 그 말에 눈이 커지더니 걱정스러운 목소리로 말했다.
"이제야 좀 괜찮아진 거 아니었어? 그냥 잊고 마음 추스르자, 응?"
나는 대답하지 않았다. 대신 시간을 멈추고 집을 나섰다. 그렇게 병원까지 향했다. 바다가 있는 병원까지 향하는 길은 꽤 멀었다. 전에 있던 병원도 그리 가깝진 않았지만, 이번엔 아예 다른 지역이었다. 그렇다고 시간을 다시 돌릴 순 없었다. 흐르는 시간 속에선 변수가 너무 많았다. 걸었다. 하염없이 걸었다. 잠깐은 뛰면서, 그저 계속, 계속. 다리가 저리고 숨이 가빠오고 머리가 어지러울 때까지. 그렇게 마주한 병원은 생각보다 작은 곳이었다. 나는 313호를 찾아갔다. 3층에 있는 병실에 후들거리는 다리로 계단을 타고 올라갔다. 바다는 일인실을 쓰고 있었고, 문을 열자 창가 옆 침대에서 자고 있는 바다가 보였다. 나는 시간을 돌렸다. 세상의 소리가 들리기 시작하고, 바다의 숨소리도 들렸다.

"바다야."

바다는 곤히 잠들어 있었다. 나는 바다를 연신 불렀다.

"바다야, 최바다."

바다가 내 목소리를 들었는지 조금 뒤척였다. 나는 다시 한번 말했다.

"바다야, 나 윤슬이야."

바다는 그제야 눈을 뜨고 나를 바라봤다. 그리곤 화들짝 놀라며 일어났다. 나는 나도 모르게 울고 있었다. 미움과 사랑, 애정과 애증이 묻어나온 눈물이었다.

"왜 그랬어."

"어떻게…."

"심유림한테 알아냈어."

바다는 머리를 쓸어 넘기며 한숨을 쉬었다. 그리곤 뜸을 들이다 말했다.

"너 존나 싫어, 알아? 집착 좀 그만해. 그만 찾아와."

순간 가슴이 쿵 떨어지는 기분이었다. 날 떠난 것도 날 위해서겠지, 그래도 바다는 날 사랑하고 있겠지, 하는 내 생각이 전부 무너지는 기분이었다. 나는 떨리는 손을 뒤로 숨기고 애써 웃으며 말했다.

"왜 그래."

"꺼지라고."

그때 바다의 눈에서 눈물이 한 방울 흘러내렸다. 바다의 말이 진심이 아니라는 걸 눈치채는 데에는 오랜 시간이 걸리지 않았다. 나는 바다의 눈물을 닦아주고 싶어 다가갔다. 그러자 바다는 빠르게 침대 옆 서랍장에서 나이프를 꺼내며 자기 목에 겨눴다. 나는 뭐 하는 짓이냐고 소리를 질렀다.

"네가 안 떠나면 내가 죽을 거야."

"그게 뭔 소리야?"

바다는 자신의 목에 칼을 겨누고 날 쳐다봤다. 나는 놀라 팔을 치려 했지만, 내 손을 뿌리치다가 칼이 목을 파고들 것만 같아 움직이지 못했다.

"대체 왜 그러는데?"

"너도 알고 있잖아."

바다가 씁쓸하게 웃으며 말했다. 떨리는 손이 아슬아슬해 나까지 초조해졌다.

"알겠으니까 그거부터 놓고 말하자, 응?"

"오늘 안에 떠나."

"최바다!"

"이게 우리를 위한 거야. 고집 그만 부리고 떠나라고."

바다가 울었다. 나도 울 것 같았지만 울고 싶지 않았다. 오늘이 마지막으로 볼 수 있는 날이라고 믿고 싶지 않았다. 지금 울고 있는 바다의 모습이 마지막 모습이라고 믿고 싶지도 않았다. 해가 뜨려 했다. 창밖이 약간 밝아져 바다가 흐려졌다.

"사랑해…."

내 눈물 한 방울이 병실 바닥에 툭 하고 떨어졌다. 바다는 그 말에 눈이 커졌다가, 떨렸다가, 이내 고개를 숙이고 칼을 떨궜다. 나는 그제야 다가가 바다를 안았다. 바다는 내

품속에서 눈물을 계속 훔쳤고, 나는 더 울지 않으려 애쓰고 있었다.

"여러 번 말했잖아. 난 안 떠나."

내 말에 바다는 훌쩍이며 말했다.

"어른인 척하지 마. 네가 더 애야."

"그거랑 상관없이 난 여기면 충분하다니까."

해가 떴다. 밝은 햇살이 작은 일인실을 가득 채우고 있었다. 그리고 우리를 뒤에서 밝게 비추고 있었다. 꼭 우리의 미래에 빛이 가득할 것처럼. 그런 애매하고도 비참한 희망을 주며.

✦

 털어놓을 곳이 없었다. 나의 답답한 마음을, 두려운 마음을. 바다에게는 말할 수 없었기에, 내 나약함을 보이면 같이 무너져 내릴 것 같았기에. 나는 언제나 그랬듯이 수지를 찾아가 말했다. 떠나고 싶은데 바다를 두고 갈 순 없다고. 부모님은 미국으로 갈 준비를 하는데 나는 그럴 수가 없다고. 답답하고 무섭고 미칠 것 같다고 말이다. 나는 울먹이며 말했다.
 "나 어떡해 수…."
 "윤슬아."
 답지 않게 내 말을 끊고 낮은 목소리로 날 부르는 수지의 말에 나는 괜히 긴장하며 수지를 봤다. 아무 생각도 없는 척 왜냐고 묻자 수지는 뜸을 들였다. 고민하고 있는 수지에게 나는 왜냐고 되물었다.

"나 바다 선배 좋아해."

나는 침묵했다. 꺼내고 싶은 말은 많았다. 다만 그 어떤 말도 함부로 꺼낼 수 없었다. 누구도 먼저 입을 열지 않는 상황에서 수지가 입을 열었다.

"미국으로 가, 윤슬아. 그게 우리 전부를 위한 거야."

그 말에 난 불편한 진실을 마주하는 기분이 들었다.

"왜? 내가 떠나면 바다가 네 거라도 될 것 같아?"

나도 모르게 수지에게 상처가 될 말을 뱉었다. 수지는 눈썹을 아래로 기울이며 말했다.

"그런 뜻이 아니잖아. 네가 옆에 있으면 선배가 불행해져. 난 그 꼴 못 봐."

나는 눈물이 날 것 같은 느낌을 삼켰다.

"넌 아무것도 몰라. 바다는 내가 있어야 행복해."

나는 그 말을 끝으로 자리에서 일어났다. 사실은 나조차도 확신할 수 없었다. 바다는 내가 있어야 행복할까? 내가 옆에 있으면 불행할까? 내가 떠나야 모두가 행복할까? 그 어떤 질문에도 답을 찾을 수 없었다. 아니, 어쩌면 알면서도 그저 모른 척하고 싶었던 걸지도 모르겠다.

"미국으로 가, 윤슬아."

바다는 또 떠나라는 소리를 해댔다. 나는 상처받은 마음을 애써 꾹꾹 눌러 담고, 그 말에 천연덕스럽게 대답했다.

"싫어."

바다는 숨 가쁘게 말했다.

"우리 봐. 이 모양 이 꼴이야. 언젠간 너 잡힐 거라고."

"그치만 너도, 나도 살아 있잖아."

"그게 무슨."

"너라도 끝의 끝까지 같이할 거야."

"네가 그렇게 살아남아도 의미가 있어?"

"우린 사랑하니까."

이 상황에서 사랑의 의미가 남아 있는지 모르겠다고 말하는 바다의 눈은 그 말을 삼키고 있었다. 괜찮다. 나의 사랑은 보답받지 않아도 되는 것이라서. 망가져 가는 너를 내가 보듬을 거다. 비극적인 세상에서도 햇빛은 늘 우리를 향해 반짝이니까.

넌 어디든 갈 수 있어. 넌 바다니까. 하지만 난 아니야. 고여 있지. 아주 잠깐씩 빛나는 것뿐이야. 그러니까.

우리의 사랑은 성숙할 리 없었다. 아니, 평생 성숙하지 않을 것 같다. 몇 년의 시간이 더 흘러도, 어른이 되어도, 나이를 더 먹어도 우리는 지금 이 아름다운 시간에 영원히 멈춰 있을 것 같다. 그러니까 우린, 얼빠지고 멍청한 사랑을 하자. 절대 성숙해지지 말자. 현실은 신경 쓰지 말자.

이제 미국으로 가라는 내 말에도 윤슬이는 전혀 신경 쓰지 않았다. 그럴수록 내 욕심도 커져만 갔다. 그럴까, 윤슬이가 어떻게 되든 말든, 그냥 내 옆에 평생 묶어둘까. 그럼 그건 사랑이 맞을까. 어긋난 욕망이 아닐까. 사랑해서 놔주는 건 말도 안 되는 거라지만, 이럴 땐 사랑해서 놔준다는 게 맞는 표현 아닐까.

 윤슬이가 웃었다. 그 웃음을 평생 옆에서 지켜보고 싶었다. 방법은 딱히 생각나지 않았다. 그래서 나도 윤슬이를 따라 웃었다. 그게 방법이었을지도 모르겠다. 평생 옆에서 볼 수 있는. 그 평생이 길 거라는 말은 안 했잖아.
 그래도, 윤슬이는 내 옆에 있으면 안 된다. 정신을 차리면 늘 그런 결과가 도출됐다.

    윤슬이는 내 옆에 있으면 안 된다.
    우리는 만나면 안 됐다.
    이제라도 돌이켜야 한다.
    윤슬이가 미국으로 가는 게 정답이다.
    우리의 사랑은 거기에서 끝나야 한다.

"그냥 해외로 가, 윤슬아."

바다는 또 사뭇 진지한 표정으로 말했다. 나는 능청스럽게 대답했다.

"또 그 얘기야?"

"알잖아."

나는 잠시 생각하는 척하다가 말을 이었다.

"오빠, 오늘 예쁘다."

"딴말하지 말고."

"아니, 진짜로."

내가 웃자 바다는 더 심각한 표정으로 말했다.

"내가 더 이상 너한테 위험을 감수하게 할 수가 없어."

나는 그 말에 생각에 잠겼다. 내가 위험을 감수할 만큼

이 사람을 사랑하고 있는지.

"사랑해."

시간을 멈췄다. 답이야 뻔했다. 바다의 말도 틀린 건 아니었다. 더 이상의 위험을 감수할 순 없었다. 익숙해지지도 않게 적막한 고요 속에서 바다의 눈을 만졌다. 볼을 만지고, 귀를 만졌다. 반쯤 떠 있는 눈을 감게 했다. 그냥, 긴 속눈썹이 손끝을 간지럽혀서 그랬다. 그냥 너를 잠깐 더 보고 싶은 마음이 날 여기까지 이끌었다. 사랑으로도 부족한 이 마음을 누가 알아줄 필요는 없었다.

아무도 알지 못하는 이 세계에서 네게 입을 맞췄다. 이대로 시간이 영원히 멈춰 있어도 좋을 것 같다고 생각했다. 아주 오래, 생각도 못 할 만큼 네게 입을 맞추고 있었다.

"…너 방금 나한테 키스했지."

내 침이 묻은 입술을 자신의 엄지로 쓸어내리며 바다가 말했다.

"들켰네."

웃었다. 절망밖에 보이지 않는 세상 속에서도 우린 사랑했다. 함께할 수 없다는 걸 알면서도 우린 함께했다.

"이건 나만 기억할래."

 내 말이 끝나자마자 네가 입을 맞춰왔다. 아까보단 시끄러운, 하지만 여전히 많이 고요한 1인용 병실에서 둘의 소리만 울렸다. 내 볼을 잡은 손이 조금 떨렸다. 떨리는 손 위로 내 손을 얹자 바다가 입을 떼고 살짝 떨어져 내 눈을 쳐다봤다.

 창문을 제대로 닫지 않았는지 어디선가 쌀쌀한 바람이 들어왔다. 우린 추위 속에서 서로를 안지도 않고 그저 그렇게, 하염없이 바라보기만 할 뿐이었다.

"이러는데 내가 어떻게 가, 오빠."

"윤슬아."

"응?"

"내일 봐."

"내일 봐."

라고 말하면서도 우리에게 내일이 찾아올지는 확신할 수가 없었다. 내일이 야속하게 찾아오더라도 우리는 다시 만날 수 있을까.

고요한 밤 속에서 기약 없는 약속을 매일 나누는 우리는 불확실로 가득 차 있었다. 하염없이 흐르는 시간이 무섭기도 감사하기도 했다. 내가 어느 정도 회복하면, 같이 도망갈 수 있지 않을까. 그 시간까지 기다려 볼까.

괜한 사랑을 했을까. 후회는 가끔 너무 늦을까. 사랑과 후회는 동의어가 되면 안 되는데, 그렇게 될 것만 같다. 널 만나지 말았어야 해. 이렇게 너에게 뱉는다면 너는 어떤 표정을 지을까. 혹시 너도 같은 생각이라고 말하지는 않을까. 그럼 이제라도 돌이킬 수 있지 않을까. 아닌가, 이제 돌이킬 수 없나. 이렇게 된 이상 서로가 아니면 안 되나. 이런 고민을 하는 것부터가 어쩌면, 아 아닌 것 같아. 나는 네가 없으면 안 될 것 같아. 다른 사람을 만난다는 건 평생 너에 대한 배신일 거야. 애초에 우리 관계에 답이 있을까? 우리가 남 같진 않잖아. 특별해야, 특별하다고 믿어야 유지되는 관계인 거잖아.

나는 뱉을 수 없는 말을 곱씹었다.
너를 만나지 말았어야 해.
이젠 어쩔 수 없다. 너한테 도망치라고 할 수가 없다. 네가 죽더라도 내 옆에 남기고 싶어져 버렸다. 그런 어린 마음에 네가 죽는 한이 있어도 끝의 끝까지 널 지켜보고 싶었다.

"네가 죽으면 어떡해."

어느 가을의 오후, 바다의 말에 나는 대답하지 못했다. 그러게, 내가 죽으면 어떡하지. 바다는 울먹거리고 있었다. 나는 바다의 볼을 잡았다.

"안 죽어."

그런 말로 바다를 안심시키려 했다. 바다는 오히려 눈물을 흘렸다. 나는 그런 바다를 눈에 담았다. 나지막한 햇빛에 반사된 바다의 눈물이 반짝거렸다. 너는 너의 이름과 가장 잘 어울리는 사람이었다.

"안 죽어."

나는 또 그렇게 말했다. 이번엔 나도 눈물을 흘렸다. 바다는 링거가 꽂혀 있는 손으로 내 눈물을 닦았다.

"가을이야, 윤슬아."

나는 고개를 끄덕거렸다.

늘 그랬다. 우리의 계절은 늘 가을이었다. 가장 밝고 화창하고 행복했던 여름들보다 더 많이 울었던 가을이 우리의 계절이었다. 다시 단풍이 피는 계절, 또 우린 병실에 있다. 창밖으론 커다란 단풍나무가 발그레 볼을 붉히고 있었고, 우린 또 울고 있었다. 내가 먼저 흘린 눈물에 또 바다는 따라 울었고, 서로에게 바보 같다고 말하면서도 멈추지 않았다. 바다가 얼마나 더 병원에 있어야 할지도, 내가 언제까지 여기 머물 수 있을지도, 우리가 언제까지 볼 수 있을지도 불확실한 지금, 과연 우리가 행복했냐 물으면 행복했다고 말할 것이다. 죽더라도 서로만 있으면 정말 되는 걸까. 죽음이 그저 그 대가라면 별로 아깝지 않다. 그럼 그건 기쁨의 눈물이었을까, 두려움이었던 것 같은데.

사랑보다 죽음이 두려우면 나약한 걸까. 나는 소설의 주인공 같은 사람이 아닌걸.

어디에 어떻게 가둘 건지, 어떻게 진정시키고 어떻게 제어할 건지. 부모님은 그런 얘기를 잘도 내 앞에서 해댔다. 날이 갈수록 부모님에 대한 나의 증오는 심해졌다.

"제발 그러지 좀 말라고요!"
부모님께 처음 소리친 날, 내 첫 반항을 본 부모님은 약간 당황하다가도 신경 쓰지 않았다.
"맞는 행동 자체가 아니잖아요. 동물 실험도 아니고 생체 실험이요? 살아 있는 인간으로? 그 애의 인권은요?"
"그 애는 인간이 아니야. 이미 법으로도 초능력자 인권은 없어진 지 오래다. 초인간적인 힘을 가졌고 아직 확인되지도 않은 걸 어떻게 인간이라 보장하는데. 초능력자는 사회악이야."

"윤슬이가 없었으면 전 이미 죽었을 텐데요."

아버지는 혀를 끌끌 차더니 안경을 고쳐 쓰곤 말했다.

"애초에 초능력 같은 게 있었다면, 네가 다칠 때까지 지켜만 본 건 어떻게 설명할 거니."

내 복수라도 하고 싶은 듯이 말했다. 아닌데, 그런 게 아닌데. 윤슬이를 살려야 했다. 살려야 한다. 저 미친 인간들 손에 잡히면 윤슬이는 아마 세상에서 제일 끔찍하게 죽어야 할 거다.

"이미 사회에서 정당화된 일이야. 초능력자는 죽어 마땅한 존재로 여겨지는 거라고. 아버지는 나라에서 시키는 일을 하는 것뿐이다."

부모님은 곧이어 병실을 나갔고, 난 어떻게 살아야 할까 생각했다. 윤슬이는 새벽에만 몰래몰래 왔다 가지만, 혹시 그중 하루라도 마주치게 된다면 윤슬이는 어떻게 되는 걸까.

널 살려야 하는데, 부모님을 막을 방법이 내겐 없었다. 한쪽 다리도 없는 내가 윤슬이와 도망치는 것은 꿈 같은 허상일 뿐이고, 숨겨줄 수도, 숨겨질 수도 없다.

이어질 수밖에 없었던 연이라고, 그렇게 믿고 있다. 사람을 믿은 대가가 너라면 기꺼이 그러기로 했다. 믿음은 후회가 아니기에. 어차피 살아갈 인생이었다면 너라는 쉼표 하나쯤 있는 것도 나쁘지 않지. 쉼표인지 마침표인지는 아직도 잘 모르겠지만. 돌고 돌아 우리였다. 영원할 거라는 약속을 지키고 있으니까. 사랑을 믿었고 사람을 사랑했기에. 우리는 영원을 사랑했다. 그 단어 아래 우리 둘이 묶일 수 있을 거란 착각 덕분이었을까.

그러니 우리는 영원해야 한다. 결론이 이상한가? 그래도 상관없다. 우리는 영원해야 되고, 그래야 성립되는 거다. 이 미친 관계는 그렇게 말하지 않으면 설명이 안 되잖아. 내가 떠나지 않는 이유가 없잖아. 우리는 영원해야 되니까 내가 떠나지 못하는 거잖아. 그렇지? 맞지, 바다야. 대답해 줘.

늦은 새벽, 잠든 바다 앞에서 속삭였다. 혹시나 들릴까 봐 시간을 멈추고 속삭였다. 내가 끔찍해하는 적막이 나를 채웠다. 눈물이 날 것 같았다. 아니 이미 나고 있었다.
영원.
그 단어가 나를 옭아맸다.

✧

　가끔은 인생이 동화책 같길 바랄 때가 있다. 아름다운 공주와 왕자가 등장하고, 약간의 시련을 가진 공주는 금방 이겨낼 힘을 가지고, 왕자와 함께 행복하게 살았다는 그런 동화들. 그런 해피엔딩이 내 삶에 있었으면 좋겠다고 생각했다. 나는 시련을 이겨낼 힘도, 완벽한 왕자님도 없지만, 그저 그런 해피엔딩이 존재한다고만 믿으면 살 만할 텐데, 살 용기가 생길 텐데. 실상은 아무것도 알 수 없었고 내 인생은 왜인지 배드엔딩으로 끝날 것만 같았다. 그럼 나는 어떻게 살아야 할까. 너는 늘 나보다 네가 우선인 사람이었으니까. 사실 너를 믿고 싶었지만 언제 네가 날 넘길까 늘 불안했다. 피곤하니 오늘은 찾아오지 말라는 너의 말을 무시하고 널 보러 갔다. 자고 있는 모습은 이미 지겹도록 봤지만, 보고 또 봤다. 혹여 소리가 들려 깰까 하고 시간을 멈추기도 했다. 사실 어제 봤다. 서랍에 있던 칼을. 병상 옆 서랍 맨 밑칸을 열어 칼을 꺼냈다. 칼날은 달빛에 반짝였고, 나는 생각했다.

자살하려 했을까? 나를 죽이려 했던 걸까. 아님 부모님을 죽일 생각인가? 아님 단순히 칼이 필요한 다른 게 있나. 바다를 떠날 때가 된 걸까. 가족들과 아주 멀리 떠나야 할까. 아님 부모님 말대로 집 안에서 죽은 듯이, 다시 온실 속 화초처럼 살아야 할까. 늘 밝은 빛 아래 서서 빛나는 우리였지만, 지금은 이런 야심한 새벽이 아니면 볼 수 없는 우리가 이전과 같다고 할 수 있을까.

잠자고 있는 바다를 봤다. 나이프를 들어 올렸다. 우리 둘 중 한 명이 죽으면 이 멍청한 윤회도 끊어낼 수 있을지 몰라. 어차피 이 시간 속에서 네가 죽어도 아무도 알지 못해.

높게 든 내 팔 아래로 눈물이 떨어졌다. 방금 그것도 사랑이라고 말할 수 있을까. 증오에 더 가까웠던 것 같은 느낌에 마음이 무거워졌다. 나는 아직 바다를 사랑하고 싶었다.

뒤를 돌아 병실을 나갔다. 아직도 우리의 마음이 중요할까. 아직도 우리가 하고 있는 건 사랑이란 이름으로 아름답게 포장될 수 있는 걸까.

칼날이 달빛에 반짝인다. 또 손잡이를 만지작거리고 있다. 칼을 다시 서랍 속으로 넣고, 일기장을 꺼냈다. 손을 떨며 뭐라고 쓸까 한참을 고민하다 글씨를 써 내려갔다.

 어차피 이렇게 될 거였어. 알잖아, 세계가 끝나도 네 옆에 있을 건 나라고 수십 번 약속했잖아. 이 세계에 행복 따위 남지 않아도 우리는 행복할 수밖에 없으니까. 사랑은 절대 덧없지 않아. 우리가 덧없는 존재라 해도 우리가 만든 사랑은 절대 그렇게 부를 수 없을걸. 죽음이 눈앞에 닥쳐와도 잡은 손을 놓지 않을 테니까. 죽어도 살아도 기뻐도 슬퍼도 우린 끝까지 함께니까.

우리의 하늘은 여전히 푸른지, 우리의 청춘은 아직도 봄인지, 사랑은 아직 사랑인지 알 수 있는 건 아무것도 없었다. 그럼에도 우린 푸르러야 했고, 봄이어야 했고, 사랑해야 했다. 꿈에서조차 사랑을 외치는 우리였기에 현실에서의 우리는 바스러져도 함께하기로 한 거다. 그 바보 같은 맹세 덕에 우리가 함께하는 거다.

✕ ✕ ✕

심유림이 날 다시 찾아왔다. 나는 어렴풋이 알고 있었다. 처음부터 아버지가 윤슬이의 존재를 안 건 심유림 때문이라고.

심유림은 한참 동안 아무 말도 하지 않았다. 나는 할 말을 재촉하기보다, 그저 먼저 말을 꺼낼 때까지 한참을 기다렸다. 시간이 얼마나 지났을까, 꽤 지난 후에야 심유림은 입을 열었다.

"너희 아버지한테 말할 거야. 구윤슬이 어딨는지, 널 언제 어떻게 찾아오는지."

나는 심유림을 보며 눈만 끔뻑였다. 왜? 대체 왜? 내 의문은 안에서만 썩었다. 어떤 말도 함부로 꺼내면 안 될 것 같았다.

"윤슬이가 죽었으면 좋겠어?"

심유림은 내 눈을 쳐다봤다. 그리곤 고개를 끄덕였다.

"왜?"

그러자 심유림이 웃으며, 눈물을 흘리며 말했다.

"정말 내가 널 용서했을 거라 생각했어?"

저 흐르는 눈물에 어떤 감정이 농축돼 있을까. 원망? 증오? 사랑? 그 무엇도 감히 예상할 수 없었다. 나는 입만 벙긋거렸다. 대답할 수도 없었다. 심유림은 자리에서 일어났다.

"너도 그냥, 한번 느껴봐. 어떤지."

그 말을 끝으로 병실을 나간 심유림을 나는 아직 이해할 수 없었다. 우리는 같은 아픔을 나눈 거잖아. 그런데 왜 너만 상처받았던 척하는 거야? 왜 나는 같은 아픔을 반복해야 하는 거야? 왜 나한테 복수하려 하는 거야? 왜 나는 늘 네 앞에선 죄인인 거야? 나는 여전히 질문을 되뇌었다.

✧

"오빠."

내가 부르자 바다는 옅게 웃으며 나를 쳐다봤다.

"웬일이야? 싸가지없게 안 부르고."

일부러 장난을 섞어 말하는 바다가 고마우면서도 미웠다. 어차피 우리의 비극은 달라지는 게 없을 텐데.

"왜, 윤슬아."

내가 가진 이 두려움이 너무 못난 것처럼 느껴져서 드러내고 싶지 않았다. 이 못난 감정이 날 매일매일 집어삼켜도, 사랑이란 이름에 붙잡혀 도망가지 못하는 내가 마냥 바보 같기만 했다.

"그냥 한번 생각해 본 건데, 붙잡혀도 시간을 멈추고 도망가면 되지 않을까?"

"재워서 납치하고 묶어둘걸."

"그럼 깨어나자마자 시간을 멈춰보는 거야."

"어떻게 도망가게. 멈춘 시간에서 평생 살게?"

"죽는 게 나을 거 같아."

"그래, 잡히지 마."

바다가 내 손을 잡았다. 사실 이게 언제까지고 사랑이 맞나 싶었다. 바다를 볼 때마다 마음이 아리고 떨리는데, 처음의 설렘 같은 게 아니었다. 이런 사랑도 있는 걸까. 난 바다를 위해서 내 인생을 포기할 준비가 되어 있긴 한가.

너는 날 언제 떠나게 될까. 오늘 날 보며 웃어주던 널 내일은 못 볼 것만 같아 무섭다. 다음 날 병실 문을 여는 사람이 네가 아닐까 봐. 다시는 찾을 수 없을 정도로 멀리멀리 떠나버릴까 봐. 윤슬이의 손을 잡을 때마다 떠나지 말아 달라고 울고 싶었다. 빌고 싶었다. 내가 너 없이 어떻게 버티고 어떻게 살까.

"도망가."
 오랜 생각 끝에 다시 나온 한마디였다. 구윤슬도 나 없이 살 수 없다는 걸 안다. 하지만 어차피 함께하지 못할 운명이니, 그럴 바엔 네가 행복했음 좋겠다.
 무너지는 모습, 약한 모습 한번 보인 적 없는 윤슬이의 눈이 떨리고, 눈물이 고였다.

"왜 그런 말을 해. 내가 어떻게 버티고 있는데."

"네가 더 안전하려면, 네가 더 행복하려면 떠나야 돼. 알잖아."

손을 꽉 잡은 너는 고개를 떨구고 울기만 했다. 한참을 훌쩍이다가 고개를 도리도리 젓고는

"내 행복은 여기 아니면 없어."라는데,

내가 어떻게 떠나라고 할까. 잡은 손을 놓고 싶지 않았다.

"너 진짜 죽는다고…."

"상관없어."

"진짜 미친년."

"알아, 나도."

사랑은 왜 이리 아플까. 사랑은 왜 늘 비극을 만들고 끝을 아프게 할까. 끝이 아름다운 사랑도 있을까. 늘 빛나기만 하는 사랑도 있을까. 우리가 하는 사랑은 아주 잠깐 빛나고 너무 힘든데. 그래도, 그래도 서로였음에 후회하지 않는다. 적어도 나는 그렇다.

윤슬이의 머리를 쓰다듬을 때마다 머리에 있는 모든 피가 식는 느낌을 받았다. 나의 사랑은 이런 거였다.

✧

 우린 이미 너무 늦어버린 걸지도 모르겠어. 처음부터 만나지 않는 게 우리에게 더 좋은 엔딩을 가져왔을지도 모르겠어. 어쩌면 우리는 사랑하면 안 되는 거였나 봐. 이렇게 될 줄 알았으면 너를 사랑하지 말 걸 그랬어.

 그래도 시간을 돌려 다시 너를 만나게 된다 하면, 나는 그때와 똑같은 선택을 하지 않을까? 우리는 그만큼 멍청하니까. 나도, 너도 같은 선택을 하지 않을까?

 그래. 기왕 그럴 거면 늦었다는 말도 하지 말자. 어찌 됐든 저찌 됐든 이렇게 될 거였다면 즐겨버리자. 이 악몽 같은 하루하루도 함께라면 괜찮겠지. 낙원이겠지.

 만약 내게 시간을 멈추는 게 아닌 돌리는 능력이 있었더라면 나는 주저 없이 시간을 돌릴 거야. 너에게 말도 걸지 않을 거고 도서관에 찾아가지도 않을 거야. 분명 그럴 거야.

이미 지나버린 시간의 흐름을 뒤바꿀 수 있는 능력은 얼마나 귀한 것인가. 이 세상 어딘가에 그런 능력을 가진 사람이 있다면 이미 시간은 몇 번이고 돌아갔겠지. 그럼 우리는 그때마다 같은 선택을 해서 지금 이 상황까지 온 걸까? 아니면 그때그때 다른 선택을 해 이번 시간엔 이런 상황인 걸까. 생각해 보면 이런 고민은 의미가 없었다. 그래봤자 나에게 시간을 되돌릴 능력이 생기는 것도 아니고, 우리는 이 시간 속에 평생 남아 있는 것뿐이다. 우리의 시간은 앞으로 흘러야 한다. 그 앞에 무엇이 있더라도 앞으로 흐를 수밖에 없다.

인생에 리셋버튼이 있었다면 주저 없이 눌렀겠지만, 우리는 되돌릴 수 없는 인생을 살기에 덧없는 것 아닐까.

그런 우리가 인간이라, 아름다운 거 아닐까.

이도 저도 아닌 애매한 저녁이었다. 나는 또 새벽이 오기만을 기다리고 있었다.

병실 문이 열렸다. 아버지였다. 아버지는 내 쪽으로 성큼성큼 걸어오더니 내 핸드폰을 낚아채 주머니에 넣었다.

"뭐 하자는 거예요?"

"그년, 오늘 새벽에도 이리로 올 테지."

어떻게 알았을까. 또 내 일기장을 본 걸까. 아닌데, 그 후로 일기장엔 아무 얘기도 적지 않았는데. 나는 반신반의하며 물었다.

"심유림이에요?"

"네 보호자는 나야, 그 애가 아니라."

더 이상 지체할 수 없었다. 심유림이 말했는지는 중요한 일이 아니었다. 윤슬이가 죽는다. 오늘 무조건 잡힌다. 도망가라고 더 완고하게 말했어야 했다. 무조건 날 떠나게 했어야 했다. 윤슬이를 살리고 싶었다. 아니 적어도 내 곁에서 죽게 하고 싶었다. 그럼 방법은 하나였다.

 죽여야 한다. 내 손으로. 너를.

 아무리 생각해 봐도 그 방법밖에 없다. 너를 빼돌려서 도망치는 그런 건 나 말고도 많은 사람들이 이미 시도해 봤을 거다. 내가 너한테 해줄 수 있는 건 무사를 빌어주는 그런 병신 같은 짓이 아니라 그 고통이 시작도 하기 전에 끝내는 것이다.

 "새벽에 다시 오마."
 아버지가 나가자마자 서랍 속에서 나이프를 꺼내 숨겼다. 손잡이를 잡고 이리저리 기울이며 눈물을 훔쳤다. 꼭 쥔 손에 피가 조금 흘렀다. 그 새벽은 금방 왔다. 잠들지 못하고 깨어 있는 내게 익숙한 목소리가 들려왔다.
 "바다야…?"

넌 내가 널 죽일 걸 알고 있었을까. 알고 있었다면 시간을 멈췄을까. 아니 이미 멈췄던 걸까.

아무것도 모르지만 난 그저 내 시간으로 널 죽였다.

그토록 보고 싶은 얼굴이었지만, 막상 보고 나니 할 말을 잃어버렸다. 어떤 말로 입을 떼야 너의 기억에도 남게 될까, 고민이 돼 말을 할 수 없었다. 널 본 순간이 참 달콤했는데, 어째선지 씁쓸했다. 네가 울고 있어서 그랬나. 꼭 그런 건 아니었다. 네가 칼을 들고 있었다. 한쪽밖에 없는 다리로 너는 내게 달려와 안겼다. 동화를 꿈꾸던 내 끝은 이런 거구나.

내 사랑이 보답받지 않아도 된다는 말이 이런 말은 아니었다. 날 찌르는 순간에 왜 네 눈은 흔들린 거야? 응? 바다야 대답해 줘. 만약 이게 네 사랑이라면 난 몇 번이든지 기꺼이 네 손에 죽을 수 있어. 그러니까, 그러니까. 날 죽인 건 전부 날 위해서인 거지? 그렇지?

눈앞이 흐려질 때쯤 칼을 놓고 오열하는 바다가 보였다. 그래도 너여서 다행이다. 늙어 삭아버리는 것도 아니고, 이름 모를 연구원의 약물 때문도 아니고, 어떤 괴한도 뺑소니범도 아닌 너여서 다행이다. 바다가 떨리는 손으로 내 볼을 움켜잡았다.

그래, 너의 사랑이었나 보다.

어쩌면 사랑보다 더한 거였나.

이렇게 우리는 둘 다 해방될 수 있는 거였다. 너는 이 세상에게서, 난 이 답답한 사람들과 병실에게서.

 울지도 않고 숨이 꺼져가는 너를 세게 끌어안았다. 눈물이 턱까지 흘러내려 너의 머리를 적셨다.

 "미안해…."

 그 말에 넌 그제야 안심한 듯이 웃으며 눈을 감았다. 우리 꼭 다음 생에서 다시 만나.

 "사랑해."

작가의 말

사실은 이런 유치한 이야기를 제일 쓰고 싶었던 것 같습니다.

저는 세상에 나서 아직 열일곱 번의 여름도 보지 못했습니다. 제가 겪은 것들은 터무니없이 적고, 제가 마주한 세상 또한 너무나도 작습니다. 그만큼 미래는 무궁무진하고, 할 수 있는 일은 많습니다. 하지만 저는 글을 쓰려 합니다. 왜 하필 글이냐 물으면 이렇게 답변드리고 싶어요 "어쩔 수 없었습니다. 제가 써야 할 이야기가 너무 많습니다."

이번 책은 사랑에 대해 말하고 싶었습니다. 제가 제일 처음 글을 쓴 것도 이런 사랑 이야기였던 것 같습니다. 기억도 나지 않을 만큼 어렸을 적부터 사랑이 좋았습니다. 그 감정도, 그 단어도, 그 분위기도 좋아했습니다. 이 책은 제가 말하는 사랑으로 가득합니다.

그리고 저는 또한 이 책을 통해 '다름'을 인정하지 않는 사회와, 공공의 희생양을 만들려는 사회에 대한 이야기도 하고 싶었습니다. 초능력자가 실제로 나타났을 때 과연 세상은 그 존재를 받아들일 것인가 혹은 배척할 것인가에 대한 질문으로 시작한 책입니다.

이 소설의 주인공 윤슬은 초능력자로, 그 사회에서 배척되어야 할 존재였습니다. 소설 속 세상은 보통 사람과 다른 초능력자와의 공생을 인정하지 않았고 그 사회의 체제를 유지하는 데 방해되는 희생양으로 낙인 지어 배척했습니다. 지금 우리 사회의 모습은 어떨까요?

이 책에는 답이 없습니다. 왜 바다가 윤슬이를 죽였는지, 왜 윤슬이는 떠나지 않았는지 이해할 수 없는 사람들도 분명 있을 것입니다. 그 질문과 의문까지가 이 책의 완성이라고 생각합니다. 사랑으로 갈 수 있는 최악의 비극도 사랑일까요. 그 사랑을 우린 아름답다 부를 수 있을까요.

끝없이 사랑을 생각하며
백은별

윤슬의
바다

초판 1쇄 발행 2025. 5. 31.
　22쇄 발행 2025. 9. 9.

지은이 백은별
펴낸이 김병호
펴낸곳 주식회사 바른북스

편집진행 김재영
디자인 양헌경
마케팅 송송이 박수진 박하연

등록 2019년 4월 3일 제2019-000040호
주소 서울시 성동구 연무장5길 9-16, 301호 (성수동2가, 블루스톤타워)
대표전화 070-7857-9719 | **경영지원** 02-3409-9719 | **팩스** 070-7610-9820

•바른북스는 여러분의 다양한 아이디어와 원고 투고를 설레는 마음으로 기다리고 있습니다.
이메일 barunbooks21@naver.com | **원고투고** barunbooks21@naver.com
홈페이지 www.barunbooks.com | **공식 블로그** blog.naver.com/barunbooks7
공식 포스트 post.naver.com/barunbooks7 | **페이스북** facebook.com/barunbooks7

ⓒ 백은별, 2025
ISBN 979-11-7263-400-1 03810

•파본이나 잘못된 책은 구입하신 곳에서 교환해드립니다.
•이 책은 저작권법에 따라 보호를 받는 저작물이므로 무단전재 및 복제를 금지하며,
　이 책 내용의 전부 및 일부를 이용하려면 반드시 저작권자와 도서출판 바른북스의 서면동의를 받아야 합니다.